Véronique Côté, qui a étudié au Conservatoire d'art dramatique de Québec, est comédienne et metteure en scène. Elle a la chance de jouer de beaux rôles à Québec ou en Europe et de mettre en scène des spectacles qui lui font battre le cœur.

Originaire du Saguenay, **Steve Gagnon** est diplômé du Conservatoire d'art dramatique de Québec en interprétation. Comédien et auteur, sa pièce *La montagne rouge (SANG)* (L'instant même, 2010) a reçu la bourse Première œuvre en 2008 et a été finaliste aux Prix littéraires du Gouverneur général en 2011.

CHAQUE AUTOMNE
J'AI ENVIE DE MOURIR

Véronique Côté
Steve Gagnon

Chaque automne j'ai envie de mourir

secrets

hamac

Direction littéraire : Éric Simard
Révision : France Brûlé
Correction d'épreuves : Marie-Michèle Rheault
Mise en pages : Pierre-Louis Cauchon
Photographie de la couverture : Hubert Gaudreau
Conception de la couverture : Kim Dagenais

Si vous désirez être tenu au courant
des publications de HAMAC
vous pouvez nous écrire par courrier,
par courriel à info@hamac.qc.ca
ou consulter notre catalogue sur Internet :
www.hamac.qc.ca

4609, rue d'Iberville
Montréal (Québec)
H2H 2L9

Diffusion au Canada :
Diffusion Dimedia
539, boul. Lebeau
Montréal (Québec)
H4N 1S2

Dépôt légal :
Bibliothèque et Archives
nationales du Québec, 2012
ISBN papier : 978-2-89448-686-3
ISBN PDF : 978-2-89448-682-1
ISBN EPUB : 978-2-89448-683-8

Ventes en Europe :
Distribution du Nouveau Monde
30, rue Gay-Lussac
75005 Paris

Nous remercions le Conseil des Arts du Canada et la Société de développement des entreprises culturelles du Québec (SODEC) pour le soutien accordé à notre programme d'édition, ainsi que le gouvernement du Québec pour son Programme de crédit d'impôt pour l'édition de livres.

Financé par le gouvernement du Canada | Canada

À mes frères et à ma sœur.
À mes amis.
À Jean-Christophe, Gabrielle, Jean-Philippe,
à Catherine-Amélie, Isabelle, Anne-Marie
et à Steve – à la fois frères et sœurs, et amis.

En échange de tout le courage que vous me donnez.

V.

À mon père. L'homme le plus généreux du monde.
En attendant que lui aussi écrive, un jour, un beau livre.

Steve

Avant-propos

En mai 2009, à l'occasion de son dixième festival, le Carrefour international de théâtre présentait pour la première fois *Où tu vas quand tu dors en marchant...?* Spectacle déambulatoire extérieur et gratuit, le « parcours », comme nous l'appelions avant que Véronique Côté ne lui invente son joli titre, se voulait une promenade libre et ludique dans les rues de la ville, ponctuée par six tableaux théâtraux dont nous avions confié la conception à six créateurs québécois de différentes disciplines artistiques. Nous avions envie de faire sortir l'art dans la rue et de faire descendre la Haute-Ville dans la Basse-Ville; les lieux que nous avions choisis pour réaliser nos interventions s'étendaient du haut de la côte Salaberry jusqu'à l'église Saint-Roch. Nous voulions montrer la ville de Québec autrement, nous éloigner de la carte postale, nous inscrire dans des sentiers moins connus que ceux habituellement arpentés par les citoyens et les touristes. Nous avons suggéré aux artistes de travailler autour du thème de la nuit, de ce qu'elle permet de dire, de révéler, de faire et d'imaginer que le jour n'autorise pas : visions, rêves, fantasmes, confidences, hallucinations, secrets.

Pour inaugurer le trajet, nous avons choisi le parc Lucien-Borne, dont l'emplacement en surplomb et bordé d'arbres, donnant sur un escalier peu fréquenté, nous semblait propice à instaurer une ambiance poétique. Nous avons proposé à Véronique d'y installer des lits, où des acteurs prendraient place afin de raconter une courte histoire à quelques spectateurs à la fois, dans un contexte de proximité et d'intimité, presque en catimini.

Il fallait donc d'abord des textes. Afin de nourrir son inspiration et de se rapprocher de l'imaginaire collectif, Véronique a lancé un « appel aux secrets », sur la Toile et dans quelques endroits publics de la ville, en garantissant un anonymat total aux auteurs de ces éventuelles confessions. Nous avons reçu des centaines de textes, des insolites, des émouvants, des troublants, des choquants, des drôles, des pathétiques, des impudiques, des érotiques; vrais ou faux, réels ou inventés, qui sait… C'était une énorme et formidable matière première qu'il fallait trier, développer, étoffer, augmenter, puis articuler en petites histoires, chacune devant être racontée par un acteur ou une actrice en quatre ou cinq minutes, sous la forme d'une confidence personnelle, les yeux dans les yeux et la voix dans l'oreille des spectateurs, assis tout près dans le même lit. Le tableau s'intitulerait *Jardins secrets,* selon le désir de Véronique.

Bien sûr, la matière brute ne suffit pas. Il a fallu tout le talent, l'imagination et l'efficacité de Véronique Côté et de son complice, Steve Gagnon, pour créer trente-sept petits bijoux littéraires qui ont ravi les publics pendant ces quelques soirées trop brèves des mois de mai 2009 et 2010. Leur édition aujourd'hui les immortalise, et cet ouvrage prolongera et décuplera le plaisir des spectateurs, autant qu'il enchantera, nous en sommes convaincus, le lecteur qui les découvrira ici.

Marie Gignac,
directrice artistique du
Carrefour international de théâtre

Frédéric Dubois,
coordonnateur artistique de
Où tu vas quand tu dors en marchant... ?

Cabane

La maison où j'ai grandi est comme une cabane dans un arbre, mais sans l'arbre. Elle est belle comme tout et quand on la regarde, on dirait qu'elle a poussé comme un champignon, avec des bosses partout et des petits airs de caravane, mais en beaucoup trop gros et sans les roues.

En fait, elle était pas super quand on est arrivés au début, même qu'elle était pourrie de tous bords tous côtés. Il y avait des fuites dans le toit, et je sais pas si je m'en souviens pour vrai ou si c'est juste parce qu'on me l'a raconté, mais je me rappelle que le bois des murs était tellement mou qu'on pouvait enlever les clous avec nos doigts.

Mon père a tout refait lui-même. Plein de fois. En tout cas, le toit, je pense qu'on l'a refait quatre ou cinq fois. La façade a dû être abattue complètement et pendant presque un mois, on a vécu sans le mur de devant, comme dans une maison de poupée, les pièces ouvertes sur la rue. Mon père apprenait au fur et à mesure ce qu'il fallait faire pour tirer des joints ou passer le *filage* pour l'électricité dans les murs, et il le faisait. Ma mère allaitait mes frères sur le toit, mon père se tenait en équilibre au bord des gouttières, ils s'attachaient pas, ils mettaient pas de crème solaire, ils avaient l'âge que j'ai maintenant et ils avaient déjà trois enfants, une maison qui fuyait de partout, avec des vices cachés et aucun moyen de se faire dédommager, mais ils étaient comme invincibles ou je sais pas, ils avaient trouvé comment on fait pour vivre, ils fonçaient dans le tas, ma mère était aux études, mon père faisait trois jobs en même temps en plus de *patcher* toutes les trous, c'était le bordel et c'était magnifique.

J'étais une petite fille grave et je lisais tout le temps, mais mes frères étaient des genres de catastrophes naturelles, lâchés lousses au milieu des outils et des bâches de plastique. On en perdait tout le temps un. Tout le monde se fendait le menton régulièrement, ou tombait, ou recevait une brique par accident sur la tête, ou saignait, ou se pétait le nez, ou s'arrachait un ongle dans un coin de porte, surtout nous, les enfants. Ma mère dit qu'elle se promenait dans la rue avec les jumeaux dans la poussette et que les madames la soupçonnaient clairement de les battre, ils avaient tout le temps des bandages sur un œil ou autour du crâne, ils étaient petits et vraiment maganés, mais ils grimpaient partout, qu'est-ce que tu veux faire, quand les parents grimpent partout, les enfants font pareil.

Toute la famille était bien là et tout était beau et le monde était en ordre.

Les pièces changeaient régulièrement de vocation. La baignoire sur pattes est restée au milieu de la salle de bain pendant plusieurs mois et il fallait la contourner pour se laver les dents. J'ai dormi dans la salle à manger pendant presque un an, je me souviens plus pourquoi. Et il y a quatre pièces dans cette maison qui ont été, à un moment ou un autre, ma chambre.

Mon père faisait aussi pousser des tournesols, des ormes et des épinettes, la cour en arrière était comme une forêt vierge folle remplie d'écueils et de miracles, chez nous il y avait des gadelles, des tulipes, des lilas, des prunes bleues et surtout, surtout des framboisiers à perte de vue. Je croyais sincèrement qu'on aurait pu s'autosuffire et vivre en autarcie. On a élevé deux dindes, on a recueilli un goéland blessé, on a eu aussi une perruche maniacodépressive et, plus tard, un iguane dégueulasse. C'était le bordel. Vraiment.

Il y avait un fleuriste formidable aussi, près de mon école, qui venait du Liban et qui me laissait lui acheter des fleurs pour mes parents en échange d'un mélange de sous noirs et de pièces de monnaie en chocolat. Quand c'était la Saint-Valentin, j'achetais comme ça des fleurs à ce fleuriste qui perdait de l'argent mais qui me laissait exprimer mon amour, tout mon amour, mon amour infini pour mes parents infinis.

Aujourd'hui c'est plus comme ça pantoute. La maison est toujours tranquille, chaque chose est à sa place, les jumeaux grimpent plus nulle part, ma mère a un condo tout blanc et le toit coule plus jamais. Les Japonais disent qu'une maison finie, c'est une maison morte. J'aimais mieux avant. Quand la maison était en vie. J'aimerais ça que mes parents reviennent ensemble. C'étaient eux, la maison.

Carnet

Les hommes qui écrivent m'ont toujours bouleversée. J'écris un peu, je sais ce que ça demande d'impudeur, d'humilité, de courage pour écrire, même juste un peu, même juste pour soi. Avec le temps j'ai appris à me méfier des littéraires, parce que je me suis fait assener deux-trois phrases comme : « Si je n'étais pas un romancier, je croirais que je suis amoureux de toi », ce qui calme les nerfs, tsé. On m'a aussi dit, en réponse à ma théorie selon laquelle le gars parlait sans arrêt pour éviter de m'embrasser : « Dans une vie parallèle, ce serait là, le moment où je t'embrasserais », et tout ça, sans le faire, évidemment. Bref, un moment donné, j'en suis comme revenue des vies parallèles, des belles phrases pis toute. Mais quand même. Découvrir l'écriture d'un homme que j'aime, ou que je vais aimer, que je sens que je pourrais aimer, même juste ça, les traces sur la page, les lettres formées avec fébrilité, légèreté ou impatience, ça m'émeut, d'une façon irréversible, ça me prend, ça me chavire. Ça me transperce. Je pourrais tomber amoureuse juste comme ça. Je le sais. Je fais attention. Et j'évite les séances de dédicaces, les salons du livre, toute ça.

Bon. Ça c'est la première chose.

La deuxième chose c'est que je suis curieuse, maladivement curieuse, surtout quand je suis amoureuse. Je veux tout embrasser, je veux tout prendre, je veux tout, pis je le veux tout de suite. Je veux savoir qui j'aime, je veux aimer au complet. Alors des fois, au début d'une histoire, je fouille. Un peu. Pas beaucoup, mais un peu. Je sonde la table de chevet et les tiroirs du bas du bureau, les fonds de garde-robe. La pharmacie. Et j'ai l'impression de mettre au jour les débris de la Grèce au complet, souvent, tellement ça raconte toute, tellement je peux voir dans les objets tout ce qui nous a précédés, l'enfance, le secondaire, les vaccins, les peines d'amour, tout ce qui nous a poussés l'un vers l'autre, inexorablement, l'album de finissants, la raquette de tennis abandonnée, les journaux de voyage, les grands rêves, les granules d'homéopathie contre la perte de cheveux.

Les antidépresseurs, le cœur se fend – la bouteille date de 1999. Le cœur se recoud.

La littérature érotique. Les cartes de vœux. Les lettres.

Je sais que c'est pas joli joli. Je le sais ben que c'est pas correct, qu'il faut attendre de… je sais pas, d'être invité. Même si c'est pour comprendre, même si c'est pour prendre avec soi l'autre au complet, toute l'histoire de sa civilisation, tout ce qui l'a mené jusqu'à toi, d'où il arrive, ce qui l'a fait, construit, blessé, relevé. Je sais qu'il faut attendre d'être emmené sur ces terres-là, en bonne et due forme, pris par la main, quand le moment vient, mais moi, qu'est-ce que tu veux, je peux pas m'en empêcher.

Malgré tout, c'est bien, je pense. Je veux dire que ça fait pas de mal. Ça fait que je fais attention à des faiblesses invisibles à l'œil nu. Ça me rend tendre… oui c'est ça. Ça m'attendrit.

Dans les vestiges de mon ex, j'avais trouvé un carnet bleu. Je l'ai lu sur la pointe des pieds. J'ai lu avec le cœur qui battait à mes tempes. Je l'ai lu au complet. Il avait écrit des pensées drôles et délicates, sur les filles, sur lui, il avait transcrit quelques citations. Et il parlait de ses amoureuses. Il en parlait bien, il en parlait avec amour. Il écrivait : « Quand Cécile chante doucement en cuisinant, je sais que je peux me reposer, enfin me reposer. Me reposer. » Ou « M. est partie.

Je vois plus rien. Je suis redevenu aveugle. » Il parlait de quand il faisait l'amour avec Val, de sa bouche, de son sexe solaire. C'était beau. Il parlait de Val encore, de quand elle était en mission au Guatemala, de son absence, de son ennui, il disait : « Elle me manque. Tout me manque. » Il parlait de ses amoureuses. Il parlait des filles avec qui il aurait voulu, mais avec qui ça s'était pas passé. Il parlait d'une F., je n'arrivais pas à deviner qui était F., mais si elle avait lu tout ce qu'il pensait d'elle, elle n'aurait pas fait autant de chichis. Il parlait de toute ça. De tout ce qu'il y avait dans son cœur. Je l'aimais pour ce qu'il me donnait, et je l'aimais aussi pour le reste, caché, pour ce qu'il y avait dans le carnet bleu, pour son amour ancien pour d'autres filles, pour ses amours au complet, celles qu'il avait vécues, celles qu'il avait rêvées. Je l'aimais pour toute ça.

On s'est laissés, comme les gens qui s'aiment pis qui s'aiment plus font. On s'est quittés, mais on est restés amis. Je suis retournée chez lui, et un soir, pendant un party, j'ai pas pu résister : je suis allée voir dans le carnet bleu s'il avait écrit sur moi. Ce qu'il avait écrit.

Rien. Il avait rien écrit. Ni pendant qu'on était ensemble, ni après. J'ai laissé aucune trace.

Ça m'a broyé le cœur.

Il avait rien écrit. Rien pour moi. Comme si j'avais pas existé. Je faisais pas partie de sa civilisation.

Je suis retournée avec les autres, boire du rosé autour du barbecue, et j'ai fait semblant de rien.

J'ai fait semblant de rien.

Cauchemars

Y'existe, au fond de l'Égypte, une pyramide qui contient mon père.

Une pyramide blanche.

À six ans, il se levait la nuit, vers deux-trois heures du matin, quand son père à lui rentrait complètement soûl, pour lui faire à manger, pour lui faire cuire des œufs. Pour pas qu'il réveille sa mère et qu'ils se battent.

Mon père a arrêté l'école en septième année, quand son père est mort. Il a jamais été avocat. Ou pilote d'avion.

Y'a toujours eu quelque chose de complexe entre lui et moi, beaucoup d'amour

énormément d'amour

mais toujours, aussi, ce sentiment-là d'infériorité qu'il avait envers moi. Je pense que ça partait du fait que j'étais très articulé, que j'avais, très jeune, déjà plusieurs convictions et que j'y tenais dur comme fer. Ça partait aussi beaucoup du fait que je faisais des tonnes de choses, toutes des choses que j'aimais, du fait que j'allais au bout de ce que j'avais envie de faire.

Je pense qu'il avait peur que je le trouve insignifiant ou bon à rien ou pas intelligent ou je sais pas, mais y'avait ce sentiment-là entre nous, qui nous empêchait d'être totalement complices, l'un avec l'autre. Mais, oui, vraiment là, j'y pense pis c'est vraiment ça, il se sentait inférieur à moi, ça revenait souvent dans nos conversations, souvent, très rapidement quand je parlais, il se sentait attaqué.

J'ai jamais trouvé que mon père était pas intelligent. Au contraire, on a la même intelligence, la même sorte d'intelligence, très sensible. Mon père, maintenant, est un homme qui me touche infiniment.

C'est quelqu'un qui aurait pu et qui aurait tellement aimé ça faire de grandes choses, mais à qui on a pas souvent donné de chance et qui est devenu très amer de ça. C'est excessivement triste.

Aujourd'hui, une pyramide, au fond de l'Égypte, contient mon père. Contient ses mains, sur les murs de sable, contient sa voix qui murmure doucement, comme on le fait dans les églises.

Mais jusqu'à trente ans, c'est mes cauchemars les plus *weird* qui contenaient mon père. Il venait la nuit, dans ma tête, s'asseoir dans sa vieille maison familiale, dans une maison que j'imaginais être celle de sa jeunesse, il venait s'asseoir, de dos, sa tête penchée dans ses mains. Il venait s'asseoir là et moi je venais aussi et chaque fois, je découvrais avec un cafard immense sa maison, ses objets, par terre, comme garrochés, comme lancés... J'avançais vers mon père et je l'entendais pleurer pis plus j'avançais vers mon père plus je l'entendais pleurer pis c'était doux, c'était des pleurs tellement profonds que c'était doux, que c'était creux; ça pouvait durer des heures, moi derrière mon père, dans une maison poussiéreuse qui l'écoute pleurer, ça pouvait durer des heures, une bonne partie de la nuit en tout cas et j'me réveillais complètement angoissé, ça avait été insupportable.

Comme ces rêves-là sont devenus de plus en plus rapprochés, comme c'est devenu presque une obsession – je me couchais le soir avec la peur de rêver à ça –, j'ai fini par comprendre que c'était un message de l'inconscient pis comme c'était pas subtil pour cinq cennes, j'avais pas à chercher très loin : Mon père me manquait, mon père était malheureux, il avait été malheureux toute sa vie, il avait jamais fait ce qu'il aimait, je pouvais rien faire contre ça, mais là j'étais pas là, j'étais pas avec lui et ça me rongeait profondément.

Parce que je savais que c'était un de ses plus grands rêves, parce qu'il m'en a souvent parlé, parce qu'il s'enlignait vraiment pas pour le faire, j'me suis levé un matin, je l'ai appelé et j'ai dit : « Habille-toi, on part deux semaines en Égypte. » Et c'est ça qu'on a fait, c'était pas une manière de parler quand j'ai dit « Habille-toi, on part », c'était pas une manière de parler parce que le temps qu'il s'habille et qu'il fasse sa valise, j'étais rendu chez lui, au Saguenay, il montait dans ma voiture et on partait prendre l'avion à Montréal pour Le Caire.

Ma mère le savait pas quand on est partis. Elle était contente pour nous, elle était vraiment heureuse pour mon père et pour moi de nous voir partir ensemble et c'est vrai que c'était beau, elle le savait pas mais c'était la dernière fois qu'elle le voyait, à ce moment-là c'était la dernière fois qu'elle voyait mon père. Et elle l'aimait, elle souriait, c'était super. Elle était contente pour lui. Fière pour lui. Tellement fière. Pis c'était la dernière fois qu'elle le voyait.

Mon père est mort en Égypte, dans une pyramide blanche.

Mon père est mort en Égypte complètement impressionné d'être là, enfin.

Plein de sable dans les cheveux et dans les sourcils, avec du sable toujours dans les mains, c'est vrai, il faisait ça, il marchait pis il prenait du sable par terre pour en avoir toujours dans les mains. Et mon père, dans sa tête, entendait Bach c'est certain, mon père le connaissait pas, mais pour moi, mon père entendait Bach dans sa tête, parce que Bach me fait pleurer et que cette histoire-là me fait pleurer, l'histoire de mon père qui est mort en Égypte, dans une pyramide. L'histoire de mon père qui a jamais cru en Dieu, qui a jamais cru aux Églises, qui a jamais chuchoté dans une église parce que ça voulait rien dire pour lui et qui là, tout d'un coup, s'est agenouillé pis s'est mis à murmurer tout bas, parce qu'il croyait à ça, il croyait aux pyramides d'Égypte. L'histoire de mon père qui s'est retourné vers moi, la main sur le cœur et qui m'a demandé de sortir.

Je suis sorti doucement pis en fait, c'est ça. C'est dans ma tête à moi qu'on entendait Bach.

Cinéma

Dans la toune de Richard Desjardins, la fille dit : « Tout mon être voudrait que tu sois le dernier. » C'est beau. C'est une phrase magnifique. J'espère avoir envie de la dire à quelqu'un un jour. C'est une des plus belles chansons que je connais. La toune finit pis on sait pas si finalement le gars a été le dernier, parce que c'est le début de leur vie, et elle commence juste à accoucher de leur premier bébé quand elle dit à la fin : « Aime-moi, aide-moi. » On peut supposer que oui, que le gars a été le dernier, vu que c'était à l'époque où on pouvait traverser le détroit de Béring à pied, et que les relations étaient peut-être moins compliquées dans ce temps-là. Peut-être pas en même temps. C'est assez dur à dire. Mais dans la mesure où l'espérance de vie devait tourner autour de trente-sept ans, on peut penser que c'était plus facile de rester avec la même personne toute sa vie.

Quand j'étais adolescente je lisais beaucoup, des livres pas du tout destinés à mon âme jeune et friable. Je lisais tout ce qui me tombait sous la main. Vers douze-treize ans je lisais la Comtesse de Ségur et Stephen King, mais aussi des choses comme *L'insoutenable légèreté de l'être* ou *Anna Karénine.* J'ai lu beaucoup de livres pas pour mon âge, en comprenant à moitié parfois, mais quand même. C'est comme ça que j'ai tranquillement façonné dans ma petite tête une image de l'amour qui, quand c'était vraiment de l'amour, se pouvait pas, qui se gagnait, qui était pas tranquille, pas calme ou heureux, qui était plein de grands mouvements intérieurs et de pressentiments de révolution, d'égratignures, de larmes, de spleen, de quais de gare, de grands ciels déchirés, d'orages, d'ultimatums, de longues lettres tristes, de tout ça qui a l'air d'être une vraie vie quand on est adolescent et qu'on lit tard dans la nuit, avec une lampe de poche sous les couvertures, tout seul dans son lit d'enfant dans la grande maison familiale.

On s'ennuie tellement à treize ans. L'ennui est comme métaphysique. On se jure qu'on s'ennuiera pas comme ça tout le temps.

J'ai aussi fait une fixation sur un film français, que j'ai regardé tous les mardis pendant l'été de mes treize ou quatorze ans. C'était l'été où ça coûtait juste soixante-sept sous dans les Vidéotron pour louer un film de répertoire (le film était français, donc c'était un film de répertoire, même si c'était une bête comédie romantique), et j'ai ainsi pu regarder mon film chaque mardi de l'été. Ça fait environ treize mardis.

Je suis gênée de dire c'était quoi le film, ma seule excuse c'est que j'avais quatorze ans.

Bon.

J'ai regardé *Fanfan,* un film tiré d'un roman pour filles d'Alexandre Jardin, environ une vingtaine de fois cette année-là. C'est avec Sophie Marceau et… *shit* j'oublie son nom. Alexandre. Antoine. Merde. Un acteur français, *anyway.* C'est vraiment enrageant. Vitez. C'est nul. Perez ! Vincent Perez.

Dans le film, comme dans le roman, le gars est fiancé avec une fille et il tombe amoureux d'une autre, mais il décide de rester avec celle qu'il n'aime plus, pour préserver son nouvel amour du quotidien, et pour que la passion entre lui et Fanfan, Sophie Marceau, dure toujours. Il lui fait vivre plein de moments formidables, il lui met des somnifères dans son *drink* le soir où il lui annonce qu'il la voit vraiment comme une petite sœur (ce qui est faux), et il l'emmène à la mer pendant qu'elle dort, et elle se réveille face à l'océan ; il la fait danser dans un décor de Vienne, dans un studio de cinéma vide le soir, il l'emmène dans des greniers, il entre avec elle dans des appartements luxueux par effraction, bref il la fait tomber folle amoureuse et il refuse de consommer et il reste avec l'autre. Jusqu'à ce que Sophie Marceau pète les plombs. Et je sais plus comment ça se règle, mais ils cassent un miroir à la fin et ils sont enfin réunis et quand on a quatorze ans, on pleure. On s'en va se coucher dans son lit d'enfant et on rêve d'un grand amour compliqué et romanesque. On sait pas encore qu'il faut faire attention à ce qu'on souhaite, parce qu'en général on finit par l'obtenir.

Je l'ai eu mon grand amour compliqué. J'avais vingt ans et je l'ai eu mon bel amour, mon grand amour, mon beau roman, mon histoire de cinéma. J'ai eu les ultimatums et les grandes lettres tristes, mais aussi les nuits d'été à dormir dehors ou à faire l'amour sur le toit, j'ai eu les feux d'artifice, les premières neiges, les levers de soleil, j'ai eu toute ça, tsé. Pis ça s'est fini, parce que ça se pouvait pas vraiment, parce que c'était compliqué pour vrai.

Il était si parfait et il m'a fait si mal.

Ça fait des années que j'ai pas été amoureuse. J'ai peur que ça m'arrive plus jamais.

Je peux pas croire, je peux pas croire que ça m'arrivera plus jamais, mais tout à coup, j'ai peur de plus jamais tomber amoureuse.

J'ai peur qu'il ait, malgré tout, été le dernier.

Collection

Je suis un beau gars.

Je sais que je suis quelqu'un de vraiment intelligent.

Pis je suis vraiment drôle.

Les gens que je côtoie m'accordent toujours une confiance et une crédibilité exceptionnelles.

Mais je suis complètement débile mental.

J'ai le plus gros trouble obsessionnel-compulsif de la terre. Je pourrais donner une conférence là-dessus. Je suis un spécialiste là-dedans. En fait, je suis un spécialiste en gestion des troubles obsessionnels-compulsifs, je maîtrise l'art de camoufler le mien à la perfection. Personne sait que j'ai le cerveau complètement *fucked up*.

J'ai le plus gros forfait d'obsessions-compulsions qui existe, j'ai obtenu le forfait *All the kit*. J'ai toutes les obsessions de base : ne pas marcher sur les craques du trottoir, vérifier quinze fois si la porte est barrée, si les ronds sont éteints, remettre toujours les objets à la même place sur ma table de chevet, faire quatre allers-retours dans le passage avant d'aller me coucher, faire le tour de mes yeux avec mes doigts avant de m'endormir, compter jusqu'à six avant de répondre au téléphone, me pincer le nez quatre secondes quand je passe devant un cimetière. Je les ai toutes. Pis je les exerce avec beaucoup de virtuosité. Et avec énormément de subtilité. Pas le choix.

Et dans mon forfait, j'ai aussi les obsessions optionnelles, mais que j'ai pas choisies. Celles qui sont moins populaires. Les vraiment *weird*, les *trash*, celles qui sont à la limite du « Enfermez-moi ». Comme mettons de m'arracher des galles, de pas mettre de bobettes les lundis, mercredis, vendredis, de m'arracher des cheveux, d'avoir peur de vomir, de me suicider, de tuer quelqu'un.

Depuis, je sais pas, peut-être cinq ans, non un peu moins, en tout cas on s'en fout, depuis quelques années, c'est vraiment moins pire, je veux dire que je réussis plus souvent à me contrôler, à me raisonner. Ça fait à peu près dix ans qu'aucun nouveau TOC est apparu. Sauf un.

Je ramène jamais de filles à coucher chez moi. Je demande toujours pour aller chez elles. J'aime vraiment ça voir où vit la fille avec qui j'vais coucher, ça me fascine, ça double mon plaisir, même.

J'ai le ventre qui veut fendre, j'ai des chaleurs, je fais des minicrises d'angoisse.

En fait, je couche avec plein de filles, jamais la même, et quand je pars de chez elle le matin, je lui vole quelque chose, je rapporte quelque chose de chez elle, chez moi. Et je capote, j'angoisse, ça m'obsède pendant des jours quand je le fais pas, en fait je le fais tout le temps maintenant. J'ai une vraiment belle collection d'objets complètement inusités, dépareillés, qui a pas l'air d'une vraie collection en fait, vu qu'y a aucun lien entre eux. Y'a juste moi qui connais le lien entre ces objets-là.

Hier soir. Je suis sorti à la Ninkasi. J'ai rencontré une fille. Écœurante. Magnifique. Mais vraiment trop hippie. Ben non en fait, c'est pas une hippie, c'est bizarre, c'est comme une espèce de métisse, elle est comme un mélange entre bouddha, les Cowboys fringants pis Anne-Marie Cadieux. Je suis entré chez elle pis on est restés dans le noir jusqu'à ce qu'on s'endorme vu qu'elle a pas de lampe. Sans *joke* mettons. Elle a pas de lampe. Quand je lui ai demandé : « Voudrais-tu ouvrir la lumière stp ? J'vais enlever mes verres de contact », elle m'a répondu « Ha j'ai pas de lampe, mais je peux t'allumer une bougie si tu veux... ».

Ben crisse, ce matin je me suis ouvert les yeux pis tabarnaque, elle a pas juste pas de lampe, elle a pas un crisse de meuble, pas un crisse de bibelot, pas un crisse de petit bonhomme sur une bibliothèque, rien. J'veux dire, on était couchés sur un matelas directement à terre dans son un et demi pis autour de nous y'avait un tapis, un bac en plastique avec du linge dedans pis nos paires de souliers. C'est tout. Un genre de Feng shui *cheap*.

J'ai volé un rouleau de papier de toilette. De peine et de misère. À la dernière minute.

En fait, j'avais rien volé, on était partis de chez elle depuis deux minutes, je capotais ben raide, je me disais que je dormirais pas pendant deux semaines, faque je lui ai demandé de retourner chez elle, je lui ai dit que j'avais vraiment envie de pisser, que ça me faisait ça moi le matin, qu'il fallait vraiment que je pisse, que je pourrais pisser dans mes culottes sinon, que c'était un genre de problème avec mes reins. Elle a dit : « Je t'attends ici » pis elle m'a donné ses clés. Je suis pas allé pisser pour vrai pis j'ai volé un rouleau de papier de toilette.

Chez moi, dans le premier tiroir de la commode beige dans ma chambre, y'a :

une montre Timex rose et mauve qui fonctionne plus

une figurine de la princesse Léa

un sac de ramen

un *string* bleu marin avec des points jaunes

une bible de poche

une pierre volcanique

une télécommande de lecteur DVD

un verre à thé

une paire de lunettes Dolce Gabbana

un *lighter* rose avec une lumière en dessous

une salière noire en forme de caniche

une boîte de conserve de saucisses viennoises

un jouet pour chat

une petite cloche en bronze

un bas vert fluo

un sous-verre en bois

un rouge à lèvres

pis un magnifique rouleau de papier cul.

Ce qui est le plus drôle, c'est que c'est vraiment représentatif de la nuit qu'on a passée ensemble.

Complot

C'est pas ben beau ce que j'vais dire, là. C'est pas super. J'en suis bien consciente. C'est pas... En fait, je pense que ça se dit pas vraiment. Fait que c'est ça que je fais. Je le dis pas. Mais tsé je le pense quand même.

Moi j'aimerais beaucoup ça continuer à croire que c'est pas contre moi, que c'est pas pour m'écœurer personnellement, sauf que là, sans *joke*, ça commence à être difficile. Je veux dire, un moment donné, wô ! On dirait une vaste conspiration pour me faire sentir poche, tu-seule, pas de vie, pas de but, pas de chum, pas d'amour, pas d'espoir, pas de plan, pas de *prospects* sauf des acteurs de films américains (ce qui réduit considérablement mes chances), pas de... d'horizon, là.

Je suis pas une mauvaise personne, du tout. Je suis même plutôt super. J'ai vu une quantité phénoménale de films, je torche tout le monde à Guitar Hero, je travaille vraiment bien et j'aime beaucoup mon travail, je suis pleine d'esprit, j'écris un blogue, j'ai voyagé, je prends pour le Canadien et je peux parler de philo (ça s'annule pas), et je suis aussi une formidable partenaire de brosse, de magasinage, de colocation, de gala, je peux toute faire, je lis, je cuisine, je connais plein de choses... Je suis vraiment pratique, là, je peux allumer un barbecue ou traire une vache, je fais des mojitos parfaits, je suis presque végétarienne, j'ai une culture populaire imbattable et j'ai une conscience sociale (j'ai les deux), je recycle, j'achète équitable et bio quand je peux, usagé le reste du temps, j'ai pas d'auto, j'aime la vie. J'aime la vie, là. Je suis une super vivante. Je suis une championne. Je suis drôle et vraiment smatte. Sauf que là, je suis tannée.

J'aime les enfants, c'est pas ça, j'aime les enfants, je suis super bonne avec les enfants, les enfants m'aiment, c'est pas ça. Mais c'est juste que là, tout à coup, sorties de nulle part, il y a à peu près un million de femmes enceintes qui ont juste éclos, comme ça, partout. C'est beau, c'est pas ça, je suis d'accord avec le projet en général, mais là ! C'est comme infini ! Ça finit jamais !

Je suis tannée des bébés, OK ? Tout le monde est enceinte, y'a des *kids* qui courent partout, des bébés qui pleurent et des mères qui ne font que parler de ça tout le temps. Je veux pas le prendre personnel, je veux pas commencer à voir ça comme une attaque contre moi, mais je suis sur le bord, sans *joke.*

L'autre jour, je suis allée dans un *shower* et c'était *too much.* Le *shower* était *too much.* Dans le sens de « surréaliste ». Y'avait que des femmes enceintes et des jeunes mamans. QUE ça. Partout autour. Je veux dire, ça aurait pu être une *joke.* Un genre de *Surprise sur prise* pour me faire faire une crise de nerfs. Je pense que sur genre vingt filles de trente ans, on était cinq pas enceintes et j'exagère même pas, même si j'avais le goût. Même si j'avais le droit.

À un moment donné, je me suis retrouvée tu-seule dans le salon avec juste des femmes enceintes. J'étais la seule à boire un verre de vin et j'avais le goût de me soûler comme une pas-de-classe, mais je l'ai pas fait, parce que je suis trop smatte pour ça. Pendant le déballage des cadeaux, j'ai failli être ensevelie par les conversations de bébés-couches-congé-de-maternité-col-effacé-col-dilaté-à-cinq-montées-de-lait-nuits-complètes-tapis-d'éveil-porte-bébé-lait-maternel-pipi-caca-hémorroïdes-pet. J'ai failli étouffer, je regardais de tous bords tous côtés, comme une bête traquée, je cherchais désespérément une issue, une sortie de secours, quelque chose, et au lieu de vomir ou de perdre connaissance je me suis retournée vers mes merveilleuses amies et j'ai dit : « Eille ! On parle-tu de sodomie ? » Et mes merveilleuses amies, qui sont elles aussi presque toutes enceintes, mes amies sont tellement merveilleuses pour vrai, mes amies enceintes sont tellement au boutte qu'elles ont embarqué.

J'ai parlé de sodomie avec mes amies enceintes au milieu d'un *shower,* chus comme fière.

Ben en fait, *fière* c'est pas vraiment le bon mot. Mais au moins on a ri.

Moi, j'attends pas de bébé. Moi, j'attends un *prospect,* un *french,* une histoire d'amour, une histoire de cul même, une bagarre, un *hold-up,* j'attends une comète, une tornade, un tsunami, quelque chose, j'attends toute ça pis y m'arrive juste rien.

Le monde entier attend un bébé. J'aimerais ça être heureuse pour le monde entier, mais je suis juste tannée.

Constellation

Ce qui est affolant, c'est de penser que les choses vont rester comme ça pour toujours.

Avant, je voulais rien posséder, je voulais pas acheter un seul meuble, je voulais pouvoir partir n'importe quand, sans rien avoir à justifier, à caser, à organiser. Je voulais rien qui me retienne. C'était un peu extrême. Maintenant j'ai des meubles. Pas beaucoup, mais quand même. Je suis pas partie si souvent, en plus. Je voulais pouvoir partir, ce qui est différent. Je sais maintenant que c'est dans la tête, pouvoir partir, c'est rarement une question de mobilier.

J'ai voyagé un peu. Comme tout le monde, comme beaucoup de monde de mon âge en fait. J'aime ça. Être extirpée de ma vie. Arrachée. J'aime ça voyager toute seule et arriver dans un endroit où personne sait rien de moi, où je pourrais être n'importe qui, être tout ce que je suis pas ici. Je trouve ça vertigineux d'arriver dans une place où je me dis : « Ici, ici je pourrais. » Venir m'installer en douce, quitter tout, quitter Québec, qu'est-ce qui me retient finalement... Les gens ? Les gens. Bon. Mais si j'étais fatiguée, un jour. Si j'étais comme épuisée, si ça tournait en rond, trop longtemps, si j'étais coincée, si finalement il y avait personne. Je pourrais aller là. Une petite ville au sud du Portugal. Arriver comme une sorcière, m'installer dans un deuxième étage où les fenêtres seraient toujours ouvertes. Avec un lit tout blanc au milieu de la pièce, mes draps en lin, une table en bois, deux chaises et rien d'autre. Des robes, des livres, des jolis rideaux. Me lever tôt le matin et aller au port acheter du poisson. Connaître les pêcheurs un peu. Demander des nouvelles de leur femme. Travailler le matin dans un café tenu par mes nouveaux amis français. Faire mes exercices de grammaire dans mon petit cahier de portugais, servir des jus de pastèque glacés et de la ginja, faire la vaisselle dehors, cuisiner des coquillages. Écrire l'après-midi, ou masser les touristes. Ce serait facile. Avoir un enfant aux yeux bleus, qui parle deux ou trois langues, et qui sait nager. Apprendre les noms des oiseaux et des plantes là-bas. Fêter Noël.

Personne saurait rien.

J'ai rien à cacher. C'est juste qu'un jour, sans qu'on sache pourquoi, les gens autour de toi savent qui tu es, ou pensent le savoir ; ils se sont fait une opinion, un beau petit résumé de toi, ils se disent que tu es compliquée ou naïve, que tu lis beaucoup, que tu es pas drôle ou que tu es impatiente, que tu es trop bonne et qu'on peut te passer n'importe quoi, que tu couches avec trop de gars, que tu sais pas ce que tu veux, que tu veux trop, que tu veux pas assez, et que tu es opportuniste ou que tu as pas assez d'ambition, que tu es lunatique ou distraite, ou *control freak*, que tu es hypocondriaque, que tu es féministe, que tu es « maternante », que tu es envieuse, que tu es poétique, et c'est vrai, ou pas, et ça n'a pas vraiment d'importance : le fait est que tu deviens ce que les autres pensent que tu es, et c'est ça qui te coince, bien plus, bien mieux que tes meubles.

C'est pour ça que j'aime voyager seule. Que j'ai un petit vertige quand je pense que je pourrais tout recommencer ailleurs, et avoir une vie complètement différente.

Ce qui est beau aussi, c'est la multitude de ces autres vies rêvées, qui brillent dans le noir comme autant de petits phares, comme une constellation de tous nos possibles. Si ça va plus là où tu es, si cette vie-ci te dit plus rien, tu peux toujours venir ici, il y a de la lumière tout le temps. Quand je ferme les yeux, je vois la lueur de ces petites fenêtres phosphorescentes trembler partout sur la planète.

Tavira. C'est le nom de la petite ville au Portugal, Tavira.

Quand j'étais enfant, je rêvais de déménager, de changer d'école et d'être la nouvelle de la classe.

Maintenant, parfois, j'en rêve encore, de ça, d'un endroit où personne me connaîtrait, ou je serais comme neuve.

Mais.

Au fond, je rêve encore plus d'avoir envie de rester quelque part.

Couteaux

J'essaie de faire comme si c'était pas en train de m'arriver, ce qui est assez dur finalement, ce qui est comme une fuite un peu… un peu légère ou je sais pas. Vraiment inutile en tout cas. C'est ça, une sorte de fuite dérisoire, comme de se faire un parachute avec des draps pour sauter d'une maison en feu ou je sais pas. C'est ridicule peut-être. Je le fais pareil, j'ai rien trouvé d'autre.

J'essaie de pas me dire devant un paysage, ou une couleur, ou une lumière : « C'est peut-être la dernière fois, retiens, retiens-le quelque part en dedans, trouve une place pour ça, pour que ça te reste, pour pouvoir y retourner. » J'essaie de pas me faire un cimetière intérieur avec une place pour toutes les choses que je trouve belles, que j'ai trouvées belles, mais là c'est comme si en plus avec l'échéance ou quoi il y a comme un phénomène de multiplication, je trouve tellement de beauté dans ce qui est là, je deviens comme soûl de beauté mais soûl pas joyeux, j'ai le vin triste, j'ai le vin de la beauté triste en estie.

Je l'ai pas dit à personne.

Quand je pense à…

Au lac l'été. Au lac miroir le matin, avec la brume effilochée que tu te dis : « Mon Dieu ! le début du monde ça devait ressembler à ça. » Rose et immobile. Ce rose-là du matin, les doigts roses de l'aube, avec les épinettes qui respirent presque, mais à peine, les épinettes on dirait que ça respire le matin l'été, avec le soleil. Les levers de soleil. Eille ça, tu te dis : « J'en ai pas vu assez. Qu'est-ce que j'avais tant à faire pour manquer tant de levers de soleil dans ma vie ? »

Quand je pense à ça, pis au potager, les laitues qui poussent, c'est beau une laitue qui pousse, personne le sait, une laitue qui pousse c'est merveilleux, ce vert-là, les petites feuilles qui apparaissent, qui deviennent une laitue, les framboises, le rouge piquant des framboises chauffées sur leur branche, quand je pense au fleuve, l'hiver, aux glaces, aux oies sur les battures, quand je pense à Charlevoix au complet, je capote. La route. L'Isle-aux-Coudres. La pointe du boutte d'en bas. L'eau pis la boue, l'argile, son gris crémeux, pis les grands hérons, debout dans toute ça, debout dans une sorte de paix que tu trouves nulle part ailleurs, debout dans le bruit de plumes que fait la paix.

J'ai été vraiment heureux là-bas. J'ai été heureux souvent.

Les toiles de Jean Paul Lemieux. Les toiles de Riopelle.

La mer.

Les feux de grève.

Le ciel.

Le visage de ma fille. Mon Dieu ! les yeux de ma fille.

Je peux plus conduire. Je peux plus me sauver nulle part. Bientôt je pourrai plus lire. Quand j'avais appris à lire, j'avais connu une sorte de joie que j'ai rarement revécue après. J'étais un enfant assez solitaire, je me souviens, je m'étais dit : « Je serai plus jamais tout seul. » Et c'est ici que je retombe en solitude.

Ce n'est plus pour moi, je peux pas me rentrer ça dans la tête, ce n'est plus pour moi, plus pour moi. Les musées, la nature, les visages, les seules choses qui consolent un peu de la bêtise humaine. Les forêts. Les livres. C'est plus pour moi.

Les sourires.

Je suis en train de perdre la vue.

Je sais pas comment faire ça. Quitter. Ça.

J'ai commandé deux couteaux de lancer Faka.

Plutôt que de passer mes derniers instants de lumière à traquer une beauté qui me rend fou, une beauté qui me déchire parce qu'elle va disparaître, j'ai choisi de viser la cible. J'ai choisi de m'entraîner au tir de précision, pour tendre mon âme, pour la rendre plus forte, pour la jeter en pâture à la cruauté de l'existence. Je deviens aveugle, moi qui ai tant aimé regarder le monde, moi qui ai tant aimé la lumière. Je veux pas virer fou. Je vais lancer des couteaux. Même dans le noir. Ça va me garder en vie. Lancer des couteaux pour pas que le noir se retourne contre moi, et m'avale.

Je vais lancer des couteaux pis peut-être qu'aveugle, je verrai mieux ce que toute cette beauté me cachait.

Débâcle

C'est difficile à expliquer, la peau.

J'ai la peau douce, on me le dit, beaucoup, on me dit en touchant ma peau que j'ai une peau de miel, et je le crois, je peux bien le croire, de toute façon comment je saurais si c'est vrai ou pas – la peau est douce pour les autres, pas pour soi. Mais je pense quand même qu'une peau est pas douce toute seule, que la douceur a rien d'objectif ou de vérifiable, parce que pour être douce, elle doit se frotter à une autre peau et c'est là, dans la friction de deux peaux, entre les deux, que se crée la douceur, que la douceur existe. La peau est douce à deux. Ou alors sa douceur est imaginaire. Je pense que notre peau vit une vie qui nous appartient pas. Je pense qu'on est tous soumis à ses humeurs, à sa bonté, à sa clémence, à sa patience ou à son impatience. À ses idées fixes. À ses obsessions.

Je ne suis pas ma peau. Mais je vis dedans. Je vis avec.

Quand j'ai commencé à sortir avec Phil, j'étais complètement submergée par ma peau, par ma peau qui voulait sa peau à lui. On travaillait ensemble dans une boîte de pub et après s'être frôlés pendant des mois, on a fini par se jeter l'un sur l'autre, un soir de canicule où on faisait encore des heures supplémentaires pour être tout seuls ensemble au bureau, parce qu'on a été très très productifs tout le temps où on se tournait autour, et on ne l'a plus du tout été après, et franchement, on s'en foutait pas mal. À partir du moment où on s'est enfin embrassés, à partir de la nuit qui a suivi, on a fait l'amour pratiquement sans arrêt pendant des semaines. On ne faisait que ça. On se retrouvait le soir et on faisait l'amour avant de souper et on recommençait après, on se réveillait la nuit et nos corps avaient commencé à faire l'amour sans nous, presque, on faisait l'amour en dormant, on faisait l'amour le matin au réveil, même quand on ne voulait pas, on était pris par le désir, on était cernés, on était assiégés par nos peaux qui se voulaient, violemment, tout le temps, tout le temps. On faisait l'amour au bureau, on faisait l'amour au cinéma, on faisait l'amour dans le char, dans les toilettes des restos, une fois même on a reçu une contravention parce qu'on avait commencé à faire l'amour dans un parc, on était juste en arrière du poste de police, on s'en était pas rendu compte, on s'était trouvés niaiseux, mais on avait ri, on avait ri et on était rentrés chez nous pour refaire l'amour, on se désirait tellement, c'était sans fond. Je me suis demandé si on pouvait trop faire l'amour. Si ça se pouvait, physiquement, ce qu'on faisait. J'ai jamais vécu ça avec un autre, une soif pareille pour quelqu'un, ni avant, ni après. Comme un feu de forêt. Comme les grandes marées, ou la débâcle au printemps. Rien à faire pour arrêter le mouvement, impossible d'aller contre, c'était juste ça, et on avait rien à dire, on pouvait juste suivre le courant, et le courant nous précipitait contre l'autre, plusieurs fois par jour, tous les jours. On n'en revenait pas. J'avais peur que ça s'épuise, mais non, ça continuait, et j'aimais tout, ses bras qui m'entourent, sa main sur mon sexe pendant la nuit, son dos, ses mains, ses mains, ses mains, ses cheveux, sa peau. Ma peau aimait sa peau. Son odeur me calmait et m'enflammait dans un seul mouvement, il se lavait avec du savon blanc, maintenant je me lave avec la même chose, quand je m'endors, je mets mon nez au creux de mon coude et j'ai l'impression qu'il est encore là. J'avais l'impression qu'il était en or, en or liquide. J'avais l'impression que j'étais riche.

Quand ça s'est fini j'ai rien compris. Il a été flou et catégorique, je pense qu'on peut pas retenir les gens, alors je l'ai laissé aller.

On travaille encore ensemble. On se voit tous les jours. Il est gentil avec moi. J'ai eu beaucoup de peine, et franchement, j'en ai encore. Maintenant il a une nouvelle amoureuse, que j'ai refusé de rencontrer, et il habite avec elle. Quand il m'a embrassée à Noël, mon cœur a bondi, et j'ai pensé qu'il voulait qu'on revienne ensemble, mais non, finalement non. C'était juste sa peau. Sa peau qui aime encore ma peau. Il y a rien qui me révulse plus qu'un gars qui trompe sa blonde en te servant une espèce de soupe à la *bullshit* sur le moment présent pis toutes ces mardes-là. Mais il a rien dit, il a pas *bullshité,* il a juste rien dit. Il m'a embrassée, il a remis ses bras autour de moi, et moi, encore une fois, j'ai pas eu la force de dire non, d'aller contre nos peaux. Je suis restée et j'ai répondu à ses baisers. Alors on a recommencé à faire l'amour en cachette, moins souvent, mais aussi fort. Sauf que maintenant ça me déchire. Et on dort plus jamais ensemble.

Je me demande souvent pourquoi mon ex vit avec sa nouvelle amoureuse, et pourquoi nous sommes toujours amants, je me demande quoi faire, et je le sais plus. Je sais plus quoi faire.

Je me demande tous les jours si elle a la peau douce, elle aussi. Sûrement. Je me demande comment c'est quand ils font l'amour. Ce qu'elle a fait pour le gagner. Je cherche une sorte de réponse qui me sortirait de là, qui me sortirait de ça. De cette défaite. De cette débâcle. Et je me dis qu'en fait, en fait, tout le monde a perdu.

Détective

J'ai toujours trouvé que j'avais des grandes dents.

J'ai des dents immenses. Géantes.

Je déteste mes dents pour mourir.

Mes dents sont des géants, qui vivent à moitié hors de ma bouche. À l'air frais. Et qui se font sécher. Qui voient le monde en même temps que mes yeux, des fois même avant eux. C'est peut-être pour ça que mes yeux détestent autant mes dents. Parce que j'ai deux yeux et deux dents qui voient en même temps, mais c'est pas la job de mes dents d'être sorties de ma bouche pis de regarder devant.

J'ai toujours été extrêmement complexée par ça.

Ça m'a toujours empêchée de sourire. Ça m'a toujours empêchée de rire confortablement. Ça a fait de moi une femme sérieuse. Très généreuse, très à l'écoute, très serviable, très dévouée, mais pas naturelle et pas simple

et pas confortable.

Ça a fait de moi une femme sérieuse. Et inconfortable.

J'en veux énormément à mes dents.

J'ai marié un homme qui a un grand nez.

C'est quelqu'un de très curieux et de bonne humeur, qui a toujours envie de mettre son immense nez partout.

C'est quelqu'un qui a beaucoup d'habitudes, c'est quelqu'un qui fait rien si c'est pas par habitude.

C'est quelqu'un qui a le nez fin

et les mains et les doigts et les yeux fins.

C'est quelqu'un de très minutieux qui fait tout par habitude, mais avec détail et précision et minutie.

Mon mari a un nez immense pis il le met partout.

Mon mari est détective privé.

Mon mari, avec son grand nez, est un excellent détective privé.

Le cadran sonne tous les matins.

Précisément à six heures trente.

Sans exception.

Et il se lève. Avec minutie. Avec précision. Avec habitude.

Sa curiosité met son grand nez hors du lit

et avec hâte et curiosité et précision

mon détective privé va mettre son grand nez dans son bol de céréales.

Il mange.

Bien qu'il soit nécessaire de manger, moi je pense qu'il mange ses céréales encore plus par habitude que par nécessité. Et je l'entends respirer jusque dans la chambre. L'air qui entre et qui sort insupportablement de son grand nez infini.

Après, il met dans la douche son grand nez en premier, suivi de ses petites jambes, de ses petits pieds, de ses petites mains de nain, de sa petite bouche qui parle jamais, de sa petite tête d'enfant naïf.

Et moi, par habitude

pour passer au travers de ses habitudes

je reste couchée jusqu'à ce qu'il soit parti.

Toute la journée, je fais sécher mes grandes dents pendant que mon mari met son grand nez partout.

Je fais sécher mes dents dans la cuisine devant le comptoir

dans la salle de lavage devant la sécheuse

sur les tapis, les mains sur la balayeuse.

Je crache mes dents dans la salle de bain, à genoux, ma tête dans la toilette, les yeux sortis de la tête.

Pis je m'essuie les yeux. Et la bouche. Je me brosse les dents.

Je fais sécher mes dents dans notre chambre debout devant le lit. Au-dessus des oreillers que je replace.

Je fais sécher mes dents dans le salon sur le dessus de la télévision poussiéreuse

devant la corde à linge

devant les vitres de la porte patio, devant le miroir de la chambre

dans la salle de bain, à genoux, la tête dans la toilette, encore.

Pis je m'essuie les yeux. Pis la bouche. Je me brosse les dents. Je m'étends un peu par terre, les joues sur la céramique froide.

Je prends une douche tiède.

Je fais sécher mes dents au IGA, en poussant le panier bien fort, mes mains serrées sur la longue poignée, mes pieds parfois sur le métal du panier. Et je me laisse glisser, avec vitesse. Rien ne sèche mes dents autant que ça.

Le grand nez de mon mari arrive à la maison, vient se placer immédiatement dans mes chaudrons.

Mon mari raconte avec enthousiasme sa journée de détective privé curieux qui cherche avec curiosité où mettre son grand nez curieux.

La journée se termine de bonne heure, parce que son grand nez est épuisé de s'être foutu dans toutes les poubelles, dans toutes les toilettes publiques d'hôtels, d'hôpitaux, de cinémas, dans toutes les rues de la ville, dans les fenêtres de maisons, de garages, d'autos, de granges, dans les ruelles, dans les aéroports, les gares de trains, les stationnements.

Mon mari ne met jamais son grand nez

ni sur ma bouche

ni sur mon ventre

ni dans mes oreilles pour me poser une question

ni dans mes yeux pour trouver quelque chose de beau, de louche, peut-être, ou de surprenant ou de mystérieux. Un indice. Ou la trace de quelque chose.

Son grand nez n'est jamais curieux de se mettre entre mes jambes

ou à côté de moi sur l'oreiller.

Mon mari ne met aucune précision à placer son grand nez dans les rides de mon visage

sur mes mains sèches et usées

sur mes jambes fatiguées et de plus en plus vieilles.

Il essaie jamais de me faire montrer mes grandes dents

il essaie jamais de me faire sourire.

Ça aussi

ça fait de moi

une femme sérieuse et inconfortable.

Divan

J'aurais plein de bonnes raisons de le faire.

Je fais comme des minicrises de… d'anxiété je pense, je veux pas dire de panique parce que ça me fait paniquer encore plus.

J'aime pas la ville, quand je pense à tout le monde qui vit tout seul ici ça me déglingue, ça me défait, je peux plus rien faire.

Des fois je pleure pour rien et j'ai peur que ça s'arrête jamais, j'ai peur de plus pouvoir travailler ou de plus pouvoir sortir de chez moi. Des fois ça m'arrive même sur le trottoir ou à l'épicerie.

Il y a un âge chez les garçons qui me fait mal, juste avant la vraie adolescence, genre vers douze-treize ans, je vois un garçon de cet âge-là tout seul dans un autobus voyageur ou en train de manger en silence dans un *fast-food* ou même en train de *triper* vraiment fort pendant un *show* de musique, et mon cœur se fend, je sais pas pourquoi.

Des fois je casse de la vaisselle pendant une semaine, sans faire exprès, juste parce que j'échappe toute.

Quand les gens me parlent de maladies ou de symptômes ou de cancers ou de MTS, je file vraiment pas bien, c'est comme si une grosse bête visqueuse se retournait dans mon ventre et que je me rendais compte pour la première fois que j'avais ça en dedans, une sorte de serpent gras qui dort mais qui pourrait se mettre à bouger tout le temps.

Quand je vois la mer en vacances, je me sens comme si j'avais trahi la plus belle partie de moi : je comprends pas pourquoi je vis loin de la mer tout le temps.

J'ai déjà eu une peine d'amour tellement grosse que j'ai vomi pendant trois semaines.

Je sens le temps passer d'une façon vraiment trop intense. Je me rappelle qu'à six ans, je marchais dans la rue chez mes parents, et j'avais pensé : « J'ai six ans. Bientôt je pourrai plus dire ça. »

Je suis pas capable de conduire manuel, j'ai comme un gros gros gros blocage. Ça on s'en crisse en même temps, mais c'est vrai. Angoisse complète. Hyperventilation, genre.

Je tombe amoureuse juste si le gars est *matché,* qu'il vit dans un autre pays ou qu'il est en dépression.

D'ailleurs ça fait huit ans que je suis célibataire. À l'âge que j'ai, sans *joke,* c'est bizarre.

Je sais plus c'est quoi mon plus grand rêve. Ça c'est vraiment… ça c'est grave, je trouve.

Je suis probablement hypocondriaque.

Des fois j'ai peur d'être vraiment folle. Des fois j'ai peur d'être juste chiante.

Des fois j'ai peur d'être heureuse juste quand je suis en voyage.

En tout cas je suis inconsolable – je sais pas de quoi. Cela dit je soupçonne tout le monde de l'être. Inconsolable.

Il y a un endroit en moi qui ne peut pas être rejoint par personne. C'est une sorte d'île, ou de falaise, imprenable, et ça m'élance des fois, physiquement je veux dire, j'aurais besoin que quelqu'un le trouve et pèse dessus de tout son poids pour que j'arrête de le sentir tout le temps. C'est comme une plaie. Ou une famine. C'est comme une sorte d'amour qu'il a fallu que je rentre en dedans, et qui serait devenu comme un métal surchauffé.

Je sais que même aimée, je vais être obligée de continuer à faire taire ça toute seule, ça, qui palpite tout le temps. Qui rougeoie en moi.

Des fois je me dis que je pourrais être moins triste.

Des fois je me dis que je sais pas, je pourrais, vivre mieux ? Vivre plus doucement. Des fois je pense à toute ça, et il me semble que … quoi. Ça pourrait faire moins mal. Je pourrais être moins seule. La vie est pas supposée être blessante tout le temps. De ça je suis sûre.

Mais je veux pas aller voir un psychologue, parce que.

Parce que j'ai peur de me connaître.

Et d'être encore plus triste.

C'est ça.

Églises

Tout veut nous faire croire que ça sert à rien.

Que rien sert à rien. Surtout pas attendre, ou croire ou espérer, surtout pas ça, ça c'est fait pour les faibles, les imbéciles, les fillettes. Ou les grands-mères.

Je crois pas en Dieu, en tout cas je pense pas, ou en fait : je l'appelle pas comme ça. Je dis pas comment je l'appelle, ça c'est un vrai secret. Moi je pense que ça se peut, attendre, et pas être une imbécile. Je pense que des fois c'est la seule chose intelligente à faire. Attendre. Attendre doucement, sans compter les jours, sans sacrer, sans se mettre à se sentir comme un chien. Attendre en paix. Attendre en silence et s'occuper d'autre chose, avec application, créer quelque chose de beau en attendant, comme un potager, une soupe, une écharpe, un roman, une jupe, une collection de poèmes appris par cœur, ou n'importe quoi qu'on peut faire avec amour.

On peut faire du thé tous les matins avec amour, recevoir ses amis à souper, lire des pièces de théâtre, on peut faire le ménage ou repeindre toutes les pièces d'une maison, mais ce qui est bien, c'est que plus tu fais les choses avec amour, plus tu as d'amour en toi, qui attend, qui t'illumine par en dedans. Si Dieu me regardait dormir, il verrait que je *glow in the dark*, parce que j'attends tellement fort, j'attends avec tellement d'application, j'ai tellement de patience dans le corps, de patience infinie que bientôt ça va se voir à l'œil nu.

J'attends parce que je trouve ça beau d'attendre, je trouve ça beau, j'aime ça me savoir disponible quand je me lève le matin, à le recevoir, enfin, parce que je suis là, au complet, totalement là, totalement prête et quand je le reçois pas je suis pas déçue, au contraire, je me dis que ce sera peut-être demain, alors je me couche encore plus disponible, encore plus heureuse, j'ai encore plus hâte au lendemain. J'ai des petites mains délicates nerveuses de le toucher, mais capable d'attendre là, correct là, placées sur mon ventre, ou des fois, au chaud, bien au fond de mes cuisses, en l'attendant.

Des fois je suis en train de faire quelque chose, je cuisine ou je fais quelque chose, du ménage ou de la lecture ou je regarde des photos, et je le sens tellement fort tout d'un coup, je le sens tellement, ça vient comme si c'était maintenant, je le sais on dirait, et je me lève, j'essuie mes mains sur mon tablier ou je dépose l'album photos sur la petite table et je vais à la porte. Je suis debout, là, je suis devant la porte et j'attends doucement, je souris parce que c'est enfin là que ça viendra, c'est enfin là qu'il ouvrira et qu'il me verra debout, souriante et complètement disponible, cette fois-là, à l'aimer et à le garder avec moi – je sais que celui-là, je serai capable de le garder avec moi.

J'attends un geste de Marcel, et je suis pas une imbécile, ou une fillette, ou une désespérée, au contraire. Je suis pleine d'espoir, je suis pleine de foi, comme une église dans le temps que les églises étaient pleines, et si Marcel vient jamais sonner chez moi pour me prendre dans ses bras, longtemps, si Marcel fait pas le geste que j'attends, un jour je vais mettre une robe, je vais parfumer mes cheveux, je sais qu'il aime ça, et je vais partir à pied pour aller chez lui. Je dirai rien, je vais juste être là, dans ma robe en bas des escaliers, debout dans mon parfum, et Marcel en dedans va sentir que je l'attends depuis tout ce temps-là, il va sortir, me voir dans ma robe et mon parfum, et il va comprendre, s'il n'avait pas compris, il va arrêter d'avoir peur, s'il avait peur, et il va descendre les escaliers et me prendre dans ses bras pour toujours. Et si je reste en bas des escaliers et qu'il ne le sent pas, je vais rentrer chez lui, ça va être la nuit, je vais rentrer et je vais voir qu'il brille dans le noir pendant qu'il dort, et je vais juste me coucher à côté de lui, en silence, et je vais pas le réveiller.

Qu'il dorme Marcel s'il veut dormir, mais ce sera avec moi à côté de lui. Ce sera avec moi dessus, qui le touche et le regarde. Qu'il dorme Marcel s'il veut dormir, qu'il descende pas dans la rue s'il veut pas descendre, si ça lui fait peur, mais qu'il me laisse venir à lui, comme un pape, que je monte, que je vienne comme un pape, m'adresser à lui, pour le convaincre que ça existe ça, l'amour, et que j'en ai des preuves, des vraies preuves, moi, que je suis un pape, que je crois et que ce à quoi je crois le plus fort au monde existe. Que j'aie été là, chez moi, devant la porte à attendre, c'en est une ça, une preuve, c'est la meilleure preuve que je suis remplie du plus grand amour pour lui. Et j'attends un geste de lui tellement fort que ça l'appelle ça, depuis longtemps, ça l'appelle doucement et il s'en vient et il ouvrira la porte et il me verra là, souriante, et il aura envie de me prendre dans ses bras et de me tenir là, contre lui, tout le temps, et qu'on traverse toutes les époques, là devant la porte, comme une religion qui n'aurait pas mal vieilli.

Fourmis

Quand j'étais petite, il y avait des fourmis dans la cour, sur les dalles de béton en bas de l'escalier. Je les aimais, et je les détestais.

Il y en avait dans la maison parfois et il fallait les chasser, parce que ça rendait ma mère folle de les trouver en file le long du comptoir, ma mère criait, la maison était en bois, et les fourmis, d'après ce que j'avais compris, auraient peut-être pu manger la maison si elles l'avaient voulu. Je les aimais dehors et je les détestais en dedans, et c'était la même chose, j'aimais et je détestais dans un même respir.

Dehors, je les faisais monter sur mes bras et je dégustais leurs petites caresses d'insecte qui me donnaient la chair de poule. Il y avait des fourmis pour toujours, c'était l'été pour toujours et j'étais aimée pour toujours. En dedans, je dénonçais les fourmis aux grands et je leur laissais le soin de nous protéger, ma maison et moi.

Il y avait une maison pour toujours et je serais dedans pour toujours.

Je poursuivais les petites bêtes avec des bouts de bois, je leur donnais des miettes de pain, je déposais des obstacles devant elles, je les retournais dans tous les sens. J'ai dû en tuer plusieurs sans m'en rendre compte. Mais un jour j'en ai écrasé une, vraiment bien, et après l'avoir remuée pour qu'elle se ranime, après avoir vu que ça marchait pas vraiment, j'ai demandé à mon père pourquoi elle bougeait plus, et quand est-ce qu'elle allait recommencer à marcher. « Elle ne bougera plus jamais parce qu'elle est morte », il a dit ça, et l'idée qu'une chose puisse ne plus jamais revenir est entrée dans mon être comme un grand vent froid, *jamais,* le mot est entré dans mon cœur, plus jamais, plus jamais, et j'ai compris d'un coup. Le corps finit. La vie finit. L'été, l'amour, la maison, les fourmis ont une fin. Les êtres, un jour, arrêtent de bouger.

J'ai perdu plein de choses depuis. Deux maisons. Celle de mes parents et une autre qui a pris feu. Un chien que j'aimais. Ma grand-mère Rose. Mon cousin Philippe, qui avait vingt et un ans et qui m'avait appris le nom des oiseaux, qui jouait de la guitare et qui avait peur des filles alors qu'il était beau comme un cheval fou.

J'ai perdu mon père. Plus jamais mon père. Ça, j'ai mis du temps à le comprendre.

D'autres hommes aussi, qui ne sont pas morts mais qui sont partis. Qui ne reviendront pas.

J'ai appris très tôt que les objets passent. Puis j'ai dû me rendre à l'évidence : les amours aussi passent. Même les grands amours – tout passe.

Une belle-fille adorée.

Un lac.

Deux amies.

Tous les foulards que j'ai vraiment aimés.

J'ai perdu aussi des bagues, à peu près quatre ou cinq je dirais, des boucles d'oreilles dont une paire que j'avais reçue en cadeau et qui me ravissait, j'ai perdu un sac de couchage le premier jour de mon premier voyage en Europe. Un appareil photo qui appartenait à ma mère. Des dizaines de photos.

Le contenu entier d'un ordinateur noyé par un verre d'eau.

J'ai perdu du temps. Mais au compte du temps, on ne sait jamais vraiment bien ce qui est gagné ni ce qui est perdu.

J'ai oublié aussi. Parfois j'ai fait exprès, parfois j'ai échappé les souvenirs au fond de ma tête – j'ai encore quelques images de villes d'Europe sans nom, qui m'apparaissent en rêve, mais qui risquent de s'effacer très vite, faute de toponymie.

J'ai bien appris à laisser partir ce qui voulait partir et à laisser venir ce qui voulait venir.

Les choses finissent. C'est ce qui les rend belles.

Les histoires finissent. C'est ce qui fait que leur commencement a du sens.

Les pays, les chansons, les espoirs, les jardins. Les fourmis. Les gens. Un jour, tout meurt.

Maintenant j'aime et je déteste la mort et c'est la même chose, un seul respir. J'y pense tous les jours. Et ça me rend pleine de vie.

Gâteaux

J'ai un ami, avec qui j'ai étudié, qui a une maman qui cuisine comme un maître. Sans *joke,* elle est hallucinante ! Elle torcherait tout le monde à l'émission *Les Chefs,* mettons. Elle cuisine délicieusement, elle maîtrise son art à la perfection. Cet ami-là et cette maman-là ont une cabane à sucre et on a pris la succulente habitude, à chaque année, d'aller passer une journée là-bas, à la cabane à sucre, une journée où sa mère nous reçoit comme des rois, où on mange sans arrêter pendant des heures, une journée savoureuse, sucrée d'où on sort avec le ventre plein pis, des fois, un peu une envie de vomir parce qu'on a trop mangé.

Cet ami-là a perdu une de ses sœurs, en novembre passé, juste avant l'hiver. Une de ses sœurs, la plus jeune, s'est suicidée. Ça été une tragédie parce que ces choses-là peuvent pas être autrement. J'ai vu, de pas si loin, la famille s'effondrer. J'ai vu tout le monde pus savoir c'était quoi leur place, j'ai vu tout le monde chercher leur place parce que toute la structure venait d'exploser. J'ai vu cette maman-là, qui avait toujours été à la maison, pus savoir pourquoi rester là vu qu'elle avait pus personne à la maison, vu que la maison était vide. J'ai imaginé cette maman-là se sentir trahie, chercher une raison, parce qu'on venait de se suicider dans le sous-sol de sa maison, sa maison qu'elle gardait propre depuis toujours, par amour beaucoup plus que par obsession, pour que ce soit beau, qu'on soit bien là-dedans, qu'on soit bien dans sa maison. Cette maman-là venait de comprendre que ça, que d'être bien, c'est pas du tout une affaire de plancher, de poussière ou de Hertel, que c'est une affaire qui est hors de son contrôle, que c'est pas du tout une affaire de gâteaux au chocolat, de pains de viande ou de fèves au lard. C'est comme si tout d'un coup, tout ça, ça lui rentrait dedans. Je pense que sûrement ça été difficile pour elle de réaliser ça, de réaliser que même si ses gâteaux sont bons pis nous ramènent en enfance, même si ses soupes sont chaudes pis réconfortantes, même si on a toujours un plaisir immense à manger dans sa cuisine, y'a des choses contre quoi toute sa volonté et son talent de maman peuvent rien faire. Pis je pense que ça, ce sentiment-là, cette révélation-là, je pense que c'est dur à prendre, surtout de cette manière-là, que ça te déchire et que ça se referme plus jamais.

Hier soir, j'ai vu mon ami, on a passé une super-belle soirée, j'étais content de voir qu'il allait bien, on a parlé de tout, sauf de sa sœur. Toute la soirée j'ai eu envie de lui demander comment ses parents allaient, comment sa mère allait. Finalement, j'en ai pas parlé parce que j'avais peur que ça lui tente pas de répondre pis, de toute façon, on était pas dans ce *mood*-là pantoute. À la fin de la soirée, je suis allé chercher mon sac dans sa voiture, il a ouvert le coffre de l'auto et il m'a dit : « Ma mère a fait des gâteaux à l'érable, t'en veux-tu un ? » Il y avait dans le coffre un grand plat Tupperware avec dedans une dizaine de gâteaux parfaits avec un beau petit crémage pis toute, je capotais, j'étais vraiment content parce que j'adore ça, moi, les gâteaux pis parce que je trouve que sa mère fait les meilleurs. J'en ai pris un, y'a eu un temps, on a ri pis j'en ai pris un autre.

Ils étaient dégueulasses. En premier, je les ai sentis pis je trouvais que ça sentait pas grand-chose. Je pensais que le crémage était à l'érable, il avait cette couleur-là, d'un crémage à l'érable, j'y ai goûté pis non, il était à rien, je dirais même que c'était un crémage plus au Fleecy ou à n'importe quel autre goût de savon qu'à l'érable. J'ai pris une bouchée du gâteau. Il était dégueulasse. On aurait dit qu'elle avait échappé une boîte de sel dedans, le gâteau au complet goûtait la vieille farine. J'ai failli craché la première bouchée.

J'ai quand même mangé les deux gâteaux. Au complet. J'enfilais une bouchée après l'autre, j'avais envie de pleurer tellement je les trouvais pas bons, mais je les ai mangés au complet, j'avalais, je les mangeais sans arrêter, d'une claque. C'était un rituel, c'était un hommage, c'était un geste de compassion, un hurlement silencieux. Pour moi, hier soir, je mangeais, j'avalais un peu de cette femme-là qui se lève encore tous les matins. Encore et quand même. Qui vit, qui continue, qui a plus du tout la tête là, qui a plus du tout la tête à ça, mais qui fait encore des gâteaux, parce que c'est ce qu'elle fait le mieux, qui continue de faire des gâteaux comme au temps où elle était sûre d'elle, sûre de sa force, sûre de son pouvoir, persuadée que ses gâteaux protégeraient ses enfants, que c'était ça, entre autres, être une bonne mère, faire les meilleurs gâteaux. Je mangeais ses gâteaux dégueulasses parce qu'elle continue pis que c'est beau ça, qu'elle continue d'en faire, mais qu'elle s'en crisse maintenant qu'ils soient bons ou non ses gâteaux, qu'elle s'en crisse si la farine goûte le garde-manger ou non, qu'elle s'en fout de mettre trop de sel, qu'elle s'en fout de pas mettre de sirop d'érable dans son crémage de gâteaux à l'érable. J'ai décidé de manger les deux gâteaux, de pas les mettre dans la poubelle, parce que je voulais avaler un peu d'elle, par compassion. Je voulais avaler un peu de ses rides qui ont poussé comme des mauvaises herbes dans son visage depuis novembre dernier. Avaler un peu de sa colère, de son incompréhension, de sa peur, de sa tristesse. Je mangeais les gâteaux pis je me disais : « Si elle peut avoir pleuré dedans, si elle peut s'être mouchée dedans je serais content », pourvu qu'elle ait fait ça, qu'elle ait pleuré comme il faut dedans, qu'elle ait mélangé la pâte à gâteau avec ses mains, en donnant des coups de poing dedans, pourvu qu'il y ait ça dedans, un peu de sa rage, un peu de son sentiment d'avoir été abandonnée, un peu de son sentiment d'être une moins bonne mère, pourvu qu'il y ait ça, que je l'avale, que je le mange. Ça me faisait plaisir de les manger ses gâteaux de la mort, ses gâteaux de zombie, ses gâteaux d'yeux vides. Ça me faisait plaisir de les manger ses gâteaux pis c'était correct qu'ils soient pas bons.

Glaces

Je profite de la nuit pour pleurer.

La nuit.

Bleue.

Et froide.

Je voudrais pas être une chauve-souris ou un loup-garou, mais je trouve quand même qu'ils ont compris que la nuit est parfaite pour crier.

Et pis pour mordre.

Je dors pas.

Presque plus.

J'en ai rien à foutre de dormir.

J'ai besoin de pleurer.

Je dors dans une immense soucoupe blanche, de la Corelle, assez solide pour être capable de supporter mes tourbillons.

Je dors dans une soucoupe pas de porcelaine parce que la nuit je tourne, je brasse, je déménage. Dans mes rêves, je crie.

Je rêve que j'meurs et pis je me réveille et pis je pleure et pis je dors pus. C'est toujours comme ça. J'endors les enfants, des fois ça prend deux heures, je prends mon temps.

Je les ai. Ils sont à moi. Donc j'en profite.

J'ouvre la fenêtre de ma chambre, je me couche, je m'endors, je rêve que j'meurs pis c'est ça, je me réveille pis je pleure.

C'est mon temps à moi.

Y'en a qui fument la cigarette, y'en a qui se masturbent, moi je pleure.

C'est ça qui me détend le plus.

Jusqu'à seize ans, je suis allée passer toutes mes relâches d'hiver chez une tante que j'aimais pas, mais qui avait un terrain immense avec un lac dessus pis une vieille maison que j'ai jamais eu le temps de découvrir au complet. On s'engueulait presque tous les jours, mais j'avais pas le choix d'y aller, c'était moins compliqué pour mes parents qui travaillaient beaucoup à l'époque (Ils avaient une petite épicerie. Qui fonctionnait pas très bien d'ailleurs, je pense. Je me souviens que ça préoccupait beaucoup mon père).

Quand on s'engueulait, je sortais toute seule dehors prendre l'air. Je pouvais passer des heures sur le lac gelé.

À sauter sur la glace.

J'étais fascinée de savoir qu'il y avait en dessous une tonne d'eau glacée. Y'avait en moi le désir malsain, plus ou moins conscient, de découvrir un corps sous la glace, peut-être celui d'une autre petite fille.

Bleue.

Et froide.

J'en ai jamais découvert.

Un collègue à moi (Je travaille au vieux-port.) va faire son jogging tous les midis sur une piste dégagée qui longe le fleuve.

Chaque hiver, il découvre quelques cadavres, trois ou quatre, remontés à la surface et pris dans la glace.

J'adore les matins.

Je bois jamais de café.

Mais j'en fais tous les matins.

L'odeur.

L'odeur du café le matin me réconforte énormément.

Je sors en acheter tous les jours à la brûlerie parce que je veux qu'il soit frais.

Je le veux frais. Je veux qu'il sente frais.

J'arrête chercher des croissants.

Les enfants détestent les croissants.

Mais j'ai besoin de ces habitudes-là.

Je fais des sandwichs.

Trois.

Dont un à moi.

Je mange la même chose que les enfants, j'me fais toujours le même lunch que les enfants.

Le sandwich.

Le petit jus Oasis.

Le fruit. Ou la compote.

La barre tendre.

Le matin, au travail, je mange ma barre tendre debout, devant la fenêtre qui donne sur le fleuve, sur le quai.

Et j'attends de voir quelqu'un sauter.

Cette histoire-là de jogging et de cadavres dans la glace m'obsède depuis des années.

Et pis c'est jamais moi qui les trouve.

Ça me fait chier.

L'après-midi, je mange mon fruit. Ou ma compote. Debout devant la fenêtre. Et j'attends.

J'ai déjà pensé qu'un jour, c'est moi qu'on sortirait de la glace.

Bleue. Et froide.

Bleue.

Et froide.

Avant, pour revenir chez moi le soir, je passais sur la piste dégagée qui longe le fleuve.

C'était un détour que je faisais.

Mais c'était important pour moi.

Et je m'arrêtais.

À chaque fois.

Pis j'étais nerveuse.

Mes mains devenaient moites.

Ma respiration restait pognée dans ma gorge.

J'avais les mains sur la rambarde. Les yeux fermés. Je mordais mes lèvres.

Je mordais mes lèvres en me mettant sur la pointe des pieds.

Maintenant, après le travail, j'vais chercher les enfants à l'école.

Je les trouve magnifiques.

Je passe plus jamais sur la piste dégagée qui longe le fleuve.

Mais la nuit je pleure.

La fenêtre ouverte. Surtout l'hiver.

Bleu.

Et froid.

Grenier

Je suis née, ma mère avait juste dix-sept ans. Elle étudiait pour être hôtesse de l'air, mon père était plus vieux, il avait vingt-quatre ans, lui, il était déjà pilote d'avion. Comme il était souvent parti, on vivait dans un appartement en haut de chez mes grands-parents, ceux du côté de mon père, pour que ça nous fasse du monde qu'on connaît, pas trop loin, du monde qui venait aider ma mère ou me garder, des fois, quand elle sortait avec des amies ou qu'elle travaillait. Elle a travaillé toute sa vie « juste pour un p'tit boutte, juste en attendant » pour un genre de traiteur qui faisait le service dans des réceptions. Ma mère détestait son emploi. Moi, j'adorais ça aller travailler avec elle, toucher, goûter à tout. Je trouvais son petit costume bleu très beau, sa petite robe bleue avec un grand collet blanc très belle, pis je lui disais ça, que je la trouvais belle dans son costume, je lui disais : « Maman, j'te trouve super dans ton costume. » Mais ma mère détestait son costume, ma mère détestait son emploi, ma mère détestait qu'on lui parle de son costume pis de son emploi.

Notre appartement était comme dans le toit de la maison, mon grand-père appelait ça le *grenier*, et je sais que ça faisait vraiment chier ma mère de se faire dire qu'elle vivait dans le grenier, même si c'était pas réellement le cas. C'est peut-être parce qu'elle avait cette impression-là, de vivre dans un grenier, pour vrai, que ma mère réagissait mal aux blagues de mon grand-père.

Ma mère avait une petite pièce, qui était presque un garde-robe, avec le plafond en pente, mais avec une immense fenêtre qui faisait presque tout un mur, où j'avais pas le droit d'aller. Y'avait là-dedans une chaise berçante et un petit meuble sur lequel ma mère déposait toutes les cartes postales que mon père lui envoyait de partout où il allait. C'est elle qui lui demandait ça, c'est elle qui lui demandait de lui envoyer des cartes postales de partout dans le monde. Ma mère s'assoyait dans sa chaise pis fumait des cigarettes. Je pouvais pas la déranger, c'était très clair, je pouvais pas la déranger quand elle était là-dedans en train de fumer. Quand j'avais quelque chose à lui demander, je me rappelle, je m'assoyais en face de la porte pis j'attendais que ça arrête de boucaner avant de cogner.

À chaque fois, j'entendais ma mère soupirer, son moment était fini, elle ouvrait la porte pis sortait sans rien dire. C'est arrivé souvent qu'elle ait les yeux remplis d'eau.

Je pense que ça a été un rêve vraiment important pour ma mère de devenir hôtesse de l'air. Je pense qu'elle rêvait de partir tout le temps, avec mon père, de voir le monde, d'être toujours ailleurs, de dormir dans des chambres d'hôtel. Elle se serait probablement tannée un jour, mais comme elle a jamais essayé, comme elle l'a jamais fait, elle est devenue profondément triste pis déçue. Sa vie était pas ce qu'elle voulait pour elle. Elle vivait dans un grenier pis elle étouffait de vivre là-dedans, de s'occuper d'un enfant presque toute seule pis de servir des cafés pas bons dans des salles de réception roses et vert pâle. Elle avait jamais voulu ça.

Et je le ressentais énormément.

Je le ressentais infiniment, j'étais mal, j'avais tout le temps peur de déranger tout le monde. J'ai jamais eu aucune complicité avec elle. Je la trouvais belle, je voulais lui ressembler, je l'observais, mais ma mère est restée une étrangère, c'était comme une vedette de cinéma, une idole, quelqu'un qu'on admire, qu'on regarde de loin pis de qui on s'approche, des fois, gêné, mal à l'aise, avec le cœur qui cogne. J'étais nerveuse de parler avec ma mère comme j'aurais été nerveuse de parler avec Nathalie Simard.

Y'avait même, je pense, une espèce de rivalité entre elle et moi, comme si elle ne me souhaitait absolument pas de faire de belles choses, de faire des choses que j'aime, de réaliser mes rêves. Ça aurait pu être le contraire, elle aurait pu me souhaiter, à moi, de pas faire la même erreur, elle aurait pu me mettre en garde, m'avertir de jamais abandonner, que c'était important de le faire, mais c'était pas le cas, c'était le contraire en fait. Comme si ce que j'allais gagner lui enlèverait quelque chose.

Ma mère est morte l'année dernière. Notre relation est restée bizarre toute notre vie. Deux semaines après, j'ai reçu une carte postale, c'était une photo de notre ancienne maison, celle de mes grands-parents, celle où on vivait dans le grenier. Elle avait pris notre ancienne maison en photo, elle avait fait une carte postale avec ça, et c'était écrit derrière « Excuse-moi. Maman. »

C'est pas triste. C'est pas beau, c'est pas un beau geste, c'est pas une belle fin. Ça change rien à notre relation, ma mère a pas été une meilleure mère, ça change rien à ça. Ça veut pas dire « Je t'aime », ça veut rien dire de tout ça. Ça veut juste dire « Je m'excuse » et c'est bien comme ça, c'est bien qu'elle se soit excusée, ça fait que je suis mieux avec ça, parce que pour la première fois, c'était pus juste dans ma tête, elle admettait, elle aussi, qu'il y avait eu ça entre nous, cette rivalité-là, ce malaise-là, ce mauvais *timing*-là, et elle s'excusait de ça. C'est juste plate qu'on se soit connues comme ça, ma mère pis moi. Que notre histoire se finisse avec un « Je m'excuse ». C'est pas triste. C'est plate.

Hygiène

Je mange mes crottes de nez.

Parce que.

Ben c'est ça.

Parce que c'est salé.

Pis que j'aime ça. Les choses salées.

Parce que j'aime la texture.

Parce que c'est gratuit, pis que je suis attiré par les choses gratuites.

Parce que je suis nerveux pis que ça canalise mon stress.

Parce que j'aime ben ça en avoir un peu sur les doigts.

Parce que c'est plus fort que moi, quand j'en sens une dans mon nez, j'arrive pas à penser à autre chose.

Parce que oui, bon, peut-être que c'est une maladie mentale, mais c'est comme ça pis c'est pas si grave que ça.

Parce que de toute façon, y'en a des pires, je veux dire, y'en a qui violent des enfants parce que c'est plus fort qu'eux autres.

Moi, ça fait mal à personne.

Parce que c'est naturel. Tous les autres animaux ça les dérangent pas.

Parce que, je serais prêt à m'obstiner des heures là-dessus, je suis persuadé que c'est plein de vitamines.

Parce que si c'est pas plein de vitamines, ça doit être plein de minéraux en tout cas.

Parce que mon corps c'est mon corps pis que ça m'écœure pas. (J'irais peut-être pas jusqu'à manger ma marde, mais en tout cas. C'est pas la même chose de toute façon.)

Je mangerais jamais les crottes de nez d'un autre par exemple.

Parce que ça fait absolument pas engraisser. Peut-être que je mange mes crottes de nez mais y'en a qui ont des ostie de gros culs par exemple. J'aime mieux manger des crottes de nez que d'être obèse.

Parce que je suis certain que 76 % de la population le fait mais l'assume pas.

Parce que ça me rend pas plus cave que le 1,5 million de monde qui écoute *Le Banquier.*

Parce que je trouve que c'est une maudite belle preuve comme quoi on vit dans un pays libre.

Parce que y'en a qui avalent du *speed,* du sperme, du scotch, du Mcdo, qui donnent des becs sur la bouche de leur chat, de leur chien, de leur furet.

Parce que j'en vois en tabarnaque dans les toilettes publiques qui chient pis qui sortent sans se laver les mains.

Je mange mes crottes de nez par réflexe, c'est un défaut, je pourrais donc faire un effort pour me corriger, mais je me dis que si y'en a qui sont colériques au point de battre leur femme ou leurs enfants

que si y'en a qui son *cheap* au point de mettre des sandwichs dans leur sacoche dans un lancement de saison du Trident

que si y'en a qui sont menteurs au point de faire croire à tout le monde depuis trente ans qu'ils ont écrit un livre pis qu'il va sortir bientôt

que si y'en a qui sont égoïstes au point de laisser crever leurs parents dans des centres de personnes âgées

que si y'a tant d'alcooliques, de joueurs compulsifs pis de prostituées *junkies* qui détruisent leur vie pis celle des autres, je vois pas pourquoi c'est moi qui devrais m'en faire avec le fait que je mange mes crottes de nez parce que, oui, OK, je mange mes crottes de nez, mais c'est pas juste à moi ostie de faire des efforts pour avoir l'air civilisé. C'est pas juste à moi de faire des efforts pour avoir l'air bien dans sa tête pis dans sa peau.

C'est pas juste à moi de faire des efforts pour avoir l'air normal. Crisse. On est remplis de malades mentaux qui savent pas vivre pis c'est moi qu'on regarde quand je mange mes crottes de nez.

Je mange peut-être mes crottes de nez, mais je suis pas dans l'armée moi.

J'ai pas un gros crisse de *truck* trop polluant juste pour le *fun.*

Je fais pas des enfants par erreur.

Je donne pas le sida aux autres juste parce que je m'en câlisse.

Je conduis pas soûl.

J'envoie pas chier tout le monde quand je suis soûl.

Je poignarde personne à l'entrée d'un bar.

Je fais aucun *deal* illégal.

Je mets aucune pilule dans aucun verre de bière.

Je fais juste m'asseoir des fois
sur un banc de parc
ou chez nous devant la télé
tranquille
je fais juste m'asseoir de temps en temps tranquille
pis je mange mes crottes de nez.

Fuck !

Pour vrai. Ça dérange-tu réellement quelqu'un !?

Langue

L'enfance, c'est une guerre perdue. Perdue, perdue, perdue. Perdue plein de fois, perdue à l'infini.

En général, le monde, les gens, les adultes font semblant de pas se souvenir de cette sauvagerie-là. Le malaise est trop grand. Le monde veut pas se rappeler de ça : la violence des batailles de ce temps-là de la vie. La profondeur des abîmes. La cruauté des enfants.

Tout ce qu'on se construit pour passer à travers la vie plus tard, c'est une sorte d'après-guerre. Mais si on accepte de le dire : les enfants sont méchants. Pas plus que nous, autant. Si on s'en souvient pour vrai, de comment ça se passait, ça nous coupe le souffle. Ça nous casse en mille morceaux, ça nous brise les genoux. On tient pus debout.

Les enfants sont sauvages, après on leur apprend à faire semblant de pas être sauvages.

On dit « Souris », on dit « Dis merci », on dit « Tire pas les cheveux de la petite fille, rentre ta langue ». On dit « Mon ange ». « Rentre ta langue, mon ange. Souris. » L'enfance, c'est une guerre perdue, de toute éternité, c'est une des seules choses que je sais.

J'avais juste une mère pis une moitié de père, mon père y travaillait à la Baie-James, ma mère voulait pas vivre là-bas, elle avait tout le temps froid, fait qu'on vivait à Limoilou, on gelait pareil mais je sais pas, ma mère je pense qu'elle serait morte là-bas. Dans la toundra. Quand mon père revenait passer ses vacances, c'était le *party*, il avait trois semaines en tout dans toute l'année : deux l'été, une à Noël, le reste du temps, ma mère pis moi on s'arrangeait. Je faisais semblant de pas l'entendre pleurer le soir. Elle, elle faisait semblant de pas pleurer, le vendredi elle nous mettait du mascara, moi j'aimais pas ben ben ça mais je la laissais faire parce que ça lui faisait comme une joie, elle nous maquillait, elle achetait un millefeuille et on le partageait, comme deux poupées qui jouent à prendre le thé. Maintenant je pense à ça et ça m'émiette le cœur, ma mère, seule avec sa fille, tous les vendredis soirs de sa vingtaine, ma mère belle comme une fée avec du mascara, rare comme une fleur rare, pâle comme une orchidée, ma mère qui tricotait et qui travaillait dur à l'hôpital, comme une bonne fille, et qui m'apprenait les bonnes manières, qui m'appelait *mon ange.* Ma mère qui baissait les yeux quand elle croisait un homme. Elle était belle comme une jeune première, pis elle vivait comme une nonne. Mon père aussi, y'était beau. Beau comme Marlon Brando. C'est juste qu'il était pas là.

Anyway, je sais pas pourquoi je parle de ça. Parce que je me sentais seule, j'imagine. C'est pas vrai, je m'en souviens très bien. Je me sentais très seule. Je l'étais. Je le suis encore.

J'avais plein d'amis par exemple. Toutes des gars, toutes des voisins. J'étais vraiment garçon manqué quand j'étais petite, à part le mascara du vendredi avec maman, je faisais aucune affaire de fille, je trouvais les filles fatigantes, je les trouvais bébés lala, je les trouvais molles. Et pis peureuses. Je trouvais qu'elles pleuraient tout le temps. Je préférais jouer dehors avec mes chums. On était tout le temps ensemble. On faisait toute, tout le temps, ensemble. On faisait du vélo tous les soirs de mai à octobre, on allait au dépanneur acheter des chips, de la liqueur, on *chillait* dans la cour d'école, on jouait au hockey, on se baignait chez Alex ou chez Marceau, on volait des carottes dans le potager de madame Bélanger en arrière de chez nous. J'étais enfant unique, j'avais une mère en pleurs pis un père trois semaines par année, mais eux, eux autres, c'étaient mes frères. Alex, Oli, Champoux, Marceau, Ben Sirois. Mes frères. On avait une cache à côté de la rivière. On était vraiment proches, pis c'était vraiment cool.

Mais une fois, il s'est passé quelque chose. Il s'est passé une chose une fois qui a fait que j'ai perdu toute ça.

C'était la fin de l'école, je m'en souviens super bien, il restait trois jours à ma cinquième année. Un soir, dans le petit bois pas loin de chez nous, ils ont arrêté de jouer pis ils m'ont attachée après un arbre. J'étais plus grande pis plus forte qu'eux autres, mais ils étaient cinq, fait que ils m'ont attachée, bien solidement, après un arbre. Après, ils m'ont toutes embrassée, fort, mal, brutalement, un après l'autre. Avec la langue. Je me suis débattue comme une folle. Pour rien. Ça a rien changé.

C'était sauvage. C'étaient des enfants. Sauvages.

Ce soir-là, j'ai haï mon père d'être dans le Nord, j'ai haï ma mère de m'avoir appris à mettre du mascara pis pas à me battre, j'ai haï être une fille. Ce soir-là, j'ai haï les personnes que j'aimais le plus au monde. J'ai pleuré. Comme une fille.

Pis après ça été l'été le plus long de ma vie, j'ai été grande, pis vraiment toute seule, parce que je pouvais plus aller faire du bécique avec ma gang, j'avais pus de gang, pis j'étais plus leur amie.

L'enfance, c'est la guerre que tu perds le jour où tu perds tes frères.

Lapin

Chaque automne, j'ai envie d'mourir.

Mais pas dans le sens « pu exister » du terme, ça va pas jusque-là. C'est plus dans la peau et dans la respiration que dans l'cœur. C'est plus une affaire de lumière qu'une affaire de mort.

J'veux pas d'la mort, j'veux d'la lumière.

Pis j'ai l'impression angoissante qu'il n'y en a pus, qu'il n'y en aura pus.

Jamais.

J'ai quarante-deux ans, j'ai un fils de dix ans et même si c'est moi qui d'habitude détiens toute la rationalité qu'il faut pour le rassurer, genre pendant un orage ou pendant la nuit, je suis incapable, quand vient l'automne, de rester un adulte intelligent et rationnel, je redeviens un enfant de huit ans, je fais pus du tout confiance à la vie, et j'réussis pus à croire pour vrai, j'doute sincèrement, j'ai peur, j'ai peur que plus jamais le printemps ni l'été ne reviennent. J'ai peur qu'il pleuve à jamais, j'ai peur que l'soleil se couche pour le reste de ma vie à trois heures de l'après-midi.

On dit qu'au Québec les gens parlent beaucoup, beaucoup de météo. On dit qu'au Québec les gens ont rien à dire parce qu'ils parlent trop de météo. On dit n'importe quoi. Les gens parlent de météo parce que ça bouffe plus que la moitié de leur vie, et de leurs forces, parce que pendant la moitié de l'année les Québécois se battent pour pas mourir de chagrin ou d'épuisement ou de nostalgie ou d'ennui. En tout cas moi j'écoute toujours ceux qui ont envie de parler du temps qui fait, parce que ce dont ils parlent, surtout, c'est de leur impuissance. J'ai une tendresse infinie pour ça.

Quand septembre arrive donc, je me défais. Et c'est mon fils qui me tient. C'est lui qui allume la radio le matin, qui fait chauffer l'eau pour le thé et qui me fait couler un bain avant de partir pour l'école. C'est lui qui me demande d'aller aux pommes, et c'est lui qui trouve les recettes de croustade ou de tarte. C'est lui qui me fait rire. C'est lui qui me guérit le mieux de ma maladie bizarre, ma maladie d'automne qui est de vouloir rester au lit, tout le jour, vouloir être là, endormi, et ne rien vouloir d'autre : vouloir devenir le lit. Le médecin m'a prescrit pour ça une lampe étrange que mon fils m'allume au petit-déjeuner, et des antidépresseurs que j'ai jetés dans les toilettes. La lampe fait rire mon fils et c'est de cette façon qu'elle me guérit le mieux. Je me mets sous la lumière mais mon corps est pas dupe, la lumière des néons me guérit pas, le rire de mon fils, oui.

C'est mon fils qui me tient et me guérit, c'est mon fils qui réussit le mieux à me retenir, aussi et beaucoup à cause de cette fois-là, en octobre passé, où il a ramené un lapin à la maison, un lapin dégueulasse, qu'il avait trouvé dans un parc à côté de l'école, un lapin avec des yeux rouges, et mon fils pleurait, comme paniqué, parce que la vulnérabilité du lapin l'inquiétait et lui donnait envie de pleurer, et il m'a dit qu'on avait pas le choix de le garder et c'est ça qui m'a sauvé cette fois-là, c'est ça qui m'a un peu plus guéri, c'est le « on n'a pas le choix ». Parce que c'est beau de penser qu'on n'a pas le choix, parce que ça fait du bien des fois de se dire qu'on n'a pas le choix. C'était magnifique qu'à ce moment-là, mon fils me regarde et me dise simplement, avec toute sa vérité d'enfant : « On n'a pas le choix papa, c'est une question de vie ou de mort. » Parce que c'est vrai, des fois, que ça devrait pas être une question de soleil ou de pluie, mais une question de vie ou de mort, qu'on devrait pas sourire ou non selon une question de soleil ou de pluie, mais plutôt selon une question de vie ou de mort.

Maintenant j'ai un fils et j'ai un lapin. Ils m'ont sauvé tous les deux. Ils m'ont suffisamment sauvé. Je me suis promis que l'automne prochain, je ne me roulerais pas en boule dans le lit pendant des mois, que j'allumerais la radio moi-même le matin et qu'on danserait dans la cuisine, moi, le lapin et mon enfant, qu'on ferait des gâteaux, qu'on inviterait les amis de Jules pour dormir à la maison et regarder des films drôles toute la nuit avec le lapin, qu'on irait nager, marcher au parc, voir mes parents…

Parce que mon fils et mon lapin sont petits et doux et que la lumière qui m'avait tant manqué, je l'attendais pas, je la cherchais pas au bon endroit. La lumière, elle vient de mon fils. Je sais pas comment j'ai fait pour arrêter de la voir.

Lumière

Au début, c'était facile. Je pouvais le faire assis. Je pouvais le faire tout le temps, la nuit, au début il dormait dans notre chambre. Je le faisais, au fond, par angoisse, mais ce qui est étrange c'est que ça finissait toujours par m'apaiser, de le voir comme ça, de le regarder respirer, faire que ça, dormir et respirer doucement. De le regarder faire, de m'assurer qu'il le fasse, ça finissait par me faire respirer plus doucement moi aussi. Il y a tellement d'histoires d'enfants qui s'arrêtent subitement, la nuit, pour rien pour aucune raison. Ça doit être un cauchemar, je me disais, ton enfant qui arrête de respirer, ça doit être ça, l'enfer, tu dois être plongé en enfer si ton bébé s'arrête. Et tu dois te demander, toujours, pourquoi il a arrêté. Pourquoi tu n'étais pas là. Où tu étais quand ton enfant avait besoin que tu lui rappelles de respirer. Mais le mien respirait. Toujours. Comme abandonné, dans le beau sens, dans le sens de confiant, de serein, dans le sens de « je comprends », dans le sens de « j'ai envie ». Au début, c'était facile. Je n'avais que ça à surveiller, sa respiration. J'ai pris le tour, je suis devenu très habile, j'étais le gardien de sa bouche, de son souffle, de son haleine de bébé, qui sentait le lait et les nuages. On n'a aucune idée de la façon dont la vie bascule quand un enfant arrive, on ne sait pas, on ne peut pas savoir à quel point on va s'inquiéter, toujours, tout le temps, tous les jours, toutes les nuits, on ne peut pas savoir avant avec quelle angoisse on va le voir grandir, avec quel bonheur mais, surtout, avec quelle angoisse ça va venir ce bonheur-là, parce que justement le bonheur est tellement aigu, tellement fort, tellement lumineux, le bonheur devient tellement toute ta vie, tout le sens de ta vie, que tu te mets à avoir peur que ça finisse. Que ça arrête de respirer. Que le bonheur oublie, une fois, de respirer, parce qu'à un moment donné, c'est plus juste dans un petit ventre que ça respire, mais dans toute une maison, dans toute une ville, ça veut se mettre à respirer dans toute une ville, dans toute une vie et que ça se surveille plus assis, en silence, la nuit, ça part et ça court partout cette affaire-là. Ça se surveille debout devant la fenêtre, ça se surveille au téléphone, ça se surveille dans l'escalier de la maison, pis après dans tous les escaliers, dans toutes les rues, ça se surveille, des fois, en criant ce qui fait qu'après c'est encore plus dur à surveiller. Si tu surveilles de trop proche, ça fuit encore plus loin et t'as encore plus large à surveiller. Si ça manque d'air, c'est toi qui te met à mal respirer.

J'aime tellement mon fils.

Des fois j'ai peur qu'il se casse la gueule, qu'il se fasse casser la gueule, qu'il pogne le clos parce qu'il s'est endormi en auto. Des fois j'ai peur qu'il me dise pas tout et cette idée-là, de pas savoir, de pas tout savoir, me fait capoter. Des fois j'ai juste peur qu'il soit malheureux. Parce que maintenant, à l'âge qu'il a, on peut dire que ce serait vraiment étonnant qu'il oublie de respirer, normalement rendu là, les enfants n'oublient plus ce genre de choses. Ils oublient d'appeler, ils oublient de rentrer des fois, ils oublient qu'ils ont de l'école, ou ils oublient qu'on les aime, mais ils n'oublient plus habituellement de respirer. Mais j'ai peur quand même. J'ai peur qu'il veuille partir en voyage dans un pays dangereux. J'ai peur qu'il me cache un malheur ou une panique, qu'il me cache un ennui, j'ai peur qu'une fille lui brise le cœur, j'ai peur qu'il sache pas par où commencer j'ai peur qu'il se perde, qu'il sache plus, j'ai peur qu'il ait besoin de moi et qu'il demande rien. J'ai peur que peut-être, pour une raison que je connaîtrais pas, il ait plus envie de respirer et j'ai peur de pas être là pour lui dire que oui, ça vaut la peine de respirer, que ça vaut la peine, toutes les peines, toutes les sortes de peine, que ça vaut la peur, que ça vaut la perte, que ça vaut toute ça. Que la vie est infiniment dure et infiniment lumineuse, et que la lumière, elle vient de sa bouche, de sa bouche qui respire.

Lunettes

Je voudrais avoir la ville à moi tout seul.

Qu'on me la laisse une fois de temps en temps, sous réservation genre.

Je voudrais ça, des fois, avoir la ville à moi, la rue Saint-Jean à moi tout seul.

Le temps de faire mes commissions, mettons. Le temps de vivre ma vie de tous les jours, mettons, parce que je comprends que Québec c'est magnifique, que c'est super le *fun* les premiers dimanches de printemps de prendre sa minivan, de partir de Saint-Émile pis de venir se promener en ville, mais c'est parce que moi, je veux dire, je vis en ville pis ça m'énarve de faire la file sur la rue Saint-Jean pis d'avancer une fois de temps en temps juste pour aller à la caisse réaliser que j'ai 23 $ dans mon compte ou pour aller à l'épicerie m'acheter un céleri ou à la pharmacie m'acheter des produits pour mes boutons, juste pour faire des affaires que tout le monde fait tous les jours, mais qu'y a des jours que je peux pas faire comme tout le monde parce que tout le monde est pus dans sa banlieue « cafardante » vu que tout le monde est rendu sur la rue Saint-Jean.

J'aurais envie de porter mes lunettes de soleil en permanence pis je comprends pas d'ailleurs pourquoi on me jugerait. Pourquoi on juge ça, quelqu'un qui a ses lunettes de soleil le soir, ou quand il pleut, ou à l'intérieur. Ça a tellement l'air de déranger du monde ça, ce concept-là de lunettes de soleil. En fait, je trouve ça tellement compliqué moi ce concept-là de lunettes de soleil, on dirait que c'est tellement rare les moments où t'as le droit de les porter en paix, on dirait qu'il y a tellement de facteurs qui influencent le fait de si t'es pertinent ou non de mettre tes lunettes, moi j'aurais juste comme envie de les mettre tout le temps, parce que je suis super bien quand je les ai dans la face, je me sens bien, je me sens moins « là », je me sens moins collé sur le monde de la table à côté dans les restos, je me sens moins dans la cuisine du monde que je croise en faisant l'épicerie, je me sens moins en train de pleurer en communauté devant un film au cinéma, je me sens moins en pleine vie privée du monde de trente ans que je croise dans la rue avec leurs trois enfants dans des poussettes pis qui s'engueulent parce que, ben crisse, ils ont pris des trop grosses décisions trop vite, trop jeunes, pis là ben ils sont pus capables de se voir la face pis ce qui les enrage le plus, c'est que, théoriquement, y'en ont encore pour quarante ans à s'endurer la face. Tout ça pour dire que j'aimerais ça porter mes lunettes de soleil en permanence. Librement, mettons.

J'aimerais ça, aussi, qu'on s'établisse socialement des codes clairs, des codes de « Je suis disponible pour parler avec n'importe qui et être agréable » et des codes de « Je pense que ça me tente pas pantoute qu'on m'adresse la parole, encore moins si on se connaît pas ». Ce qui fait que toutes les fois où j'ai des écouteurs dans les oreilles parce que j'écoute de la musique, toutes les fois où j'écris avec mon portable dans un lieu public pis que je regarde pas autour, toutes les fois où je regarde par terre en marchant sans jamais relever mon regard, on comprendrait pis on m'adresserait pas la parole. Je suis vraiment pour un immense respect mutuel planétaire et ça, ça commence surtout avec le fait qu'on a pas tous le même besoin de se faire des amis, de parler de nos vies même si on se connaît pas vraiment, d'entretenir des relations avec toutes les personnes qu'on a croisées dans notre vie. Ça comprend le fait que peut-être que j'ai l'air bête mais que ça arrive, que c'est sûrement pas personnel à toi, que c'est pas plus grave, que t'as pas besoin de faire quoi que ce soit, que tout va bien aller quand même pour tout le monde.

Je me considère souvent comme un mésadapté social, je fais des efforts, je me remets en doute. Quand je croise des gens que je connais dans la rue pis que je fais comme si je les voyais pas, je me sens hyper mal, je me trouve con pis snob, mais au fond je comprends pas très bien pourquoi on se met cette pression-là, comme si on avait signé des contrats ou je sais pas, comme si fallait aimer toute la planète tout le temps, mais moi on dirait que j'ai pas signé de contrat, je me souviens pas d'avoir signé ça là, un contrat de gentillesse sociale, pis je me dis que, qu'on se connaisse ou pas, on se parle des fois quand ça nous adonne, pis d'autres fois on se parle pas parce que ça nous tente pas cette fois-là, pis y pourrait comme pas avoir de problème, on pourrait arrêter de se poser des questions pis de se sentir coupable. Pis ça se peut aussi de juste sourire, on sous-estime je trouve les sourires, mais c'est simple, c'est rapide, c'est sobre mais en même temps très chaleureux, ça veut dire ce que ça a à dire. Faque des fois, on pourrait juste se sourire à la place de s'arrêter pis de vivre la même affaire à chaque fois ; question plate qui se répond de toute façon pas pour vrai en trois secondes, réponse dont on se torche, pus savoir quoi dire, malaise, avoir perdu deux minutes, repartir. On pourrait juste se sourire pis que ce soit correct. Si ça adonne qu'on se croise pis qu'on se voit, on se sourit. Si je m'assois à côté de toi dans le bus pis qu'on se connaît pas pis que j'ai l'air bien tout seul pis qu'y a pas d'urgence, parle-moi pas ; souris-moi.

Lutte

Mon père c'est Hulk Hogan.

En fait, mon père c'est plus un genre de Mario Bros avocat, mais pendant des années, à l'heure de la vaisselle, mon père a été Hulk Hogan pis moi, le petit Karaté Kid qui rit à la place de se battre. Ma mère était celle qui me flattait les cheveux pis qui me grattait dans le dos quand j'allais me coucher à côté d'elle dans son lit, pendant qu'ils écoutaient la télé. Mon père, c'est celui avec qui je me suis battu tous les soirs, vers dix-huit heures trente, juste après le souper. On s'est battus ensemble tous les jours, pendant *Les détecteurs de mensonges,* jusqu'à ce que je déménage de chez nous. De chez eux. À vingt-trois ans.

Pus jamais on a lutté ensemble après.

C'était un rituel qui déterminait, entre autres, lequel des deux ferait la vaisselle ce soir-là (ce qui a été beaucoup plus souvent moi que lui, mais comme beaucoup plus souvent, mettons).

C'était un rituel aussi d'amour.

D'amour, ouin.

D'affection profonde, de tendresse orgueilleuse pis de grande complicité.

Y'avait dans nos gestes de lutte une force, une pulsion exceptionnelle qui provenait à chaque fois de l'admiration qu'on avait l'un pour l'autre.

J'admirais toute la force que mon père détenait en lui. Pas juste la physique. Toute sa force sensible aussi. Sa force de caractère. Son assurance. Sa simplicité.

Je pense qu'il admirait de moi ma légèreté pis la grande confiance que j'ai dans les choses. Encore aujourd'hui, je suis quelqu'un de confiant en général. Je suis quelqu'un de confiant. Pas naïf, par exemple. Pas cave, non plus.

En vieillissant, je ressemble physiquement de plus en plus à mon père.

Lui et moi, on est deux gros oursons en peluche, muets.

Muets, mais pas sourds pis pas sans clins d'œil pis pas sans bras pis pas sans bouche pour se sourire.

En dessous de nos *suits* de lutteurs professionnels, on est habillés avec des petites vestes avec des étoiles dessus pis on a des nœuds papillon de soie autour du cou.

En dessous de nos *suits*, on est comme la version humaine des toutous qu'ils vendent chez La Baie dans le temps des fêtes.

Ces moments-là se passaient de mots, ces moments-là remplaçaient tous les mots en fait, parce qu'ils étaient plus forts que tous les mots, parce que c'était quelque chose de sincère, c'était quelque chose qui pouvait pas ne pas être sincère parce que c'était quelque chose de complètement spontané. Même si c'est devenu une espèce d'habitude, quelque chose de quotidien, c'était à chaque fois quelque chose de spontané. Pour trouver la force, l'énergie, l'adrénaline qu'il fallait, ça devait être directement connecté au cœur. Y a juste la rage pis l'affection masculine (bon ça c'est ma petite théorie un peu bidon mais quand même), y a juste la rage pis l'affection masculine qui donnent l'impulsion qu'il faut pour se battre. Les deux sont directement reliés au cœur. Pis nous, c'était pas par rage qu'on se fessait dessus pis qu'on se faisait des jambettes.

On a donc jamais eu besoin des mots pour se dire l'essentiel, se dire qu'on s'aimait, on avait d'autres coutumes.

Maintenant, je vis pus avec mes parents, depuis plusieurs années. Mon père et moi, on lutte pus jamais ensemble.

Je fais ma vaisselle et il fait la sienne, maintenant.

On a chacun notre télécommande de télévision, maintenant.

Je mange pus ses *chips* pis son chocolat en cachette, maintenant.

Je déteste la lutte, j'écoute jamais la lutte à la télé, encore moins les *matchs* spéciaux au cinéma.

Mais celle dans le salon chez nous

celle sur le divan chez mes parents

me manque infiniment.

J'ai un manque infini de lutte. De cette lutte-là.

J'ai un étrange besoin, non comblé, de me battre.

Pas par rage.

Par amour.

Par tendresse orgueilleuse.

Par admiration.

J'en ai jamais parlé à mon père. Probablement parce qu'on s'est jamais construit de langage verbal, on est pas habitués à ce qu'y ait ça entre nous, des mots.

J'en ai jamais parlé à mon père, mais y'a chez nous, dans ma maison, dans mon atelier dans l'sous-sol, un *poster* de Hulk Hogan, installé au-dessus de l'établi de bois. Et c'est resté un *inside*, ça. Hulk Hogan est resté un *inside* entre nous deux. Pis à Noël ou à nos fêtes, on s'offre des cochonneries, des bebelles, des calendriers, des tasses, des vieilles revues, avec à chaque fois Hulk Hogan dessus.

Y'en a pour qui c'est Elvis ou les Beatles, nous c'est Hulk !

Ça remplace pas les claques dans la face pis ses mains qui tiennent les miennes derrière mon dos mais, encore une fois, c'est un peu comme si on réussissait à se passer de mots pour se dire l'essentiel. Pour se dire qu'on s'haït vraiment la face !

Missiles

La douche chez nous, à l'appartement, coule en petit filament. C'est très désagréable pis je comprends absolument pas comment il peut y avoir si peu de pression dans une douche, au Québec, en 2012. Quoique c'est très écologique. Cela dit, ce matin le jet était encore moins fort qu'à l'habitude ; je suis entré dans la douche, j'ai ouvert l'eau, pis je me suis dit : « Tabarnaque, on se penserait dans un camp de réfugiés… »

C'était une phrase ben trop grosse, j'en dis plein des phrases de même dans ma vie, trop grosses, qui ont rien à voir avec ce à quoi ça réfère. Ce matin, j'ai réalisé que je connaissais rien. Pas grand-chose en tout cas, pas grand-chose réellement. Ce que je connais des choses, ce que je connais des évènements ailleurs dans le monde, c'est toujours ce qu'on en dit ici, vingt mille kilomètres plus loin. Ou ce qu'on en dit soixante ans après.

Pis c'est rarement la réalité. Ou en tout cas, c'est juste une infime partie de la réalité.

Je connais aucun pendant. J'ai vu Berlin, j'ai vu Beyrouth, j'ai vu le Cambodge, le Vietnam. J'ai vu le village huron, je vois tous les jours le Québec. Mais j'ai vu Berlin quinze ans après 1989, j'ai vu Beyrouth presque vingt ans après la guerre civile, j'ai vu le Cambodge et le Vietnam dans un autobus, on a voyagé dans les endroits sécuritaires et touristiques. J'vais déjeuner dans le village huron presque tous les dimanches matin, mais j'ai aucune conscience de leur histoire, parce que oui, je pense qu'ils en ont une ! Je suis Québécois, j'adore ma culture, mon pays, je porte en moi les traces de plusieurs défaites, les traces de s'être fait marcher dessus. Je porte les traces d'une culture qui a été bafouée, humiliée, ridiculisée. Mais ces traces-là sont comme invisibles, comme sans racines, je sais presque pas d'où ça vient concrètement. On marche par réflexe, la tête basse, les mains dans les poches pis ça nous intéresse pas plus qu'il faut de savoir d'où ça nous vient cette façon-là d'avancer comme des vaincus.

Quand je suis allé à Berlin, j'ai rencontré des gens là-bas, le premier jour, avec qui ça a cliqué. On a passé trois semaines ensemble, on sortait dans les bars, je rentrais à trois heures du matin complètement défoncé trois nuits par semaine. On a pique-niqué dans les parcs, on a pris des cafés. Ça a été super.

Quand je suis allé au Cambodge, j'ai fait le tour des marchés, j'ai passé des journées entières à visiter ceux sur l'eau, j'ai marché un peu en montagne, j'ai acheté des choses pour mes amis, j'ai été sur les plages, j'ai bu du thé. La langue me faisait vraiment peur, alors j'ai parlé à personne.

Quand je suis allé à Beyrouth, j'ai trouvé ça magnifique. J'ai trouvé cette ville-là magnifique. Maintenant j'associe, de manière sympathique, une bonne *draffe* d'odeur de poubelle à mon voyage à Beyrouth. Pis j'aime ça respirer cette odeur-là parce que ça me rappelle justement mon beau voyage à Beyrouth.

J'ai l'impression de faire des tout inclus partout où j'vais, des tout inclus, mais de snobs. Je me pense *cool* de cracher sur les voyages à Cuba ou en République dominicaine, mais je voyage en Allemagne, au Liban, en Asie exactement de la même manière. En recherchant le plaisir, le beau, le quoi prendre en photo. Je me lie d'amitié avec des Anglais à Berlin, avec des Français au Liban, avec des Américains en Asie. Pis je garde solidement contact avec eux. Je parle aux gens de là-bas, je parle aux Cambodgiens, aux Berlinois, aux Libanais pratiquement juste pour leur demander un café ou si je peux utiliser leur toilette. Pas par mépris. Souvent juste par paresse.

Je me mets jamais en danger.

Je suis jamais allé en Inde parce qu'ils sont encore trop dans la marde, ils sont encore trop dans le « pendant » pas assez dans le « après », quand toutes les choses sont revenues dans l'ordre.

J'irais jamais en Israël maintenant parce que c'est en plein cœur du « pendant ».

Je jugerais vraiment quelqu'un qui partirait en Afghanistan ou en Syrie présentement.

Mais je vois des tonnes de photos de « pendant » par exemple. Je vois des photos d'enfants sur le ventre, en pleine rue. Je vois des photos de garçons amputés, de filles brûlées. Je vois des photos de ruines, d'explosions. Je vois des tonnes de photos de villes rouges, je vois des tonnes de photos de fleuves dégueulasses et de gens malades parce qu'ils se lavent dedans.

Mais j'apparais sur aucune de ces photos-là.

Aucune photo avec moi dessus en train de me baigner avec eux dans leur fleuve de marde, aucune photo de moi en train de faire mon lavage dedans, aucune photo de moi en train de hurler et de crier et de défoncer la poussière pour aider quelqu'un à retrouver son fils ou son mari ou sa blonde de vingt ans. Aucune photo de moi où je me vois passer proche de sauter sur une mine. Aucune photo de moi qui aide des gens à passer, au risque de leur vie, à l'ouest de Berlin. Aucune photo de moi dans une manifestation de Tibétains. Aucune photo de moi, avec un Libanais, qui me fait visiter les ruines de sa ville détruite, aucune photo de moi qui le prends dans mes bras quand il se met à pleurer, aucune photo de moi qui s'écroule avec lui sur la terre.

Aucune photo de moi, assis dans un café, avec un Serbe qui m'explique comment il a perdu sa mère, sa femme et deux de ses trois filles.

Je le sais que c'est correct de pas être sur ces photos-là, que j'ai pas nécessairement à être sur ces photos-là pour être une bonne personne. Mais des fois, j'ai un peu envie d'ouvrir un jour une agence de voyages.

Pis ceux qui sont *game*, qui sont prêts

ceux qui sont tannés de voir dans les journaux, de voir par la télé

ceux qui sont tannés de voyager dans le « après »

ceux qui sont tannés de regarder des photos pis de se dire que ça doit être vraiment *hard* pour le photographe

viendront.

Pis ils iront visiter, au risque de leur vie, des pays remplis de larmes

de sang
de cris plein les bouches
de cris jusque dans les bras
de peur à mourir
de peur de mourir
de violence
de fuite
de nuits
de pluies
de vents plein la face
de vents jusqu'au-dessus des épaules
d'étouffement
de bruits
de feu
de bruits
de feu
de jardins de cendre
de frères qui explosent
de mains en l'air
de lignes de cadavres mous

d'autobus de cadavres debout, les uns sur les autres

d'autobus de morts-vivants

ils prendront des photos

pis je leur aurai donner à distribuer

des tonnes de petits missiles de détresse, qu'ils nous enverront avec force jusqu'ici, qu'on les voit rougir dans le ciel, qu'on sorte pis qu'on crie nous aussi, qu'on fasse juste ça, une fois de temps en temps, sortir pis crier avec eux, pour que ça résonne partout pis pas juste d'un côté.

Qu'on s'arrache la gorge nous aussi.

Modigliani

Je fantasme beaucoup plus sur les tableaux de femmes nues de Modigliani que sur toutes les photos pornos qu'Internet peut contenir.

Parce que ça sent le sexe, le vrai, le bon, celui qui sent le sexe, celui qui contient de la sueur, des mains malhabiles et brusques.

Parce que ça sent le XIXe siècle, que ça sent l'alcool, la débauche pis le mal de vivre.

Parce que sur ses tableaux, les femmes ont des seins magnifiques pis que c'est pour ça qu'il a voulu les peindre ; à cause de leurs seins magnifiques. Et de leurs yeux probablement, qui sont eux aussi magnifiques, et tristes, je pense.

Je rêve de peindre une femme pis d'alterner peinture et sexe. Qu'on s'ouvre des bouteilles, que je peigne un peu, qu'on fasse l'amour, que je peigne un peu, qu'on fasse l'amour.

Je rêve que ce soit dans une petite chambre d'hôtel miteux au milieu de l'Espagne ou de la

France, ou dans mon appartement laid et absolument pas décoré dans une rue glauque de Paris, mais que ça sente le sexe jour et nuit, dans le plancher, dans les murs et surtout sur mes doigts.

Je rêve qu'on soit entourés de bouteilles vides, de milliers de mégots de cigarettes et de cendriers, d'assiettes sales et de boîtes de lunchs congelés.

Je rêve de m'introduire, sans aucune protection, sans aucune pudeur, sans aucune gêne, sans aucune considération tendre ou délicate, dans tous les corps de femmes qui me tentent.

Je rêve de m'introduire dans tous les corps de femmes qui me tentent, dans tous les lieux qui me tentent, sans me soucier des autres, de la salubrité, de l'espace, de « à qui ça appartient ». Sans me soucier de si on est la nuit ou l'après-midi, de si on est visibles ou non.

Je rêve de m'introduire, dans un stationnement, la femme accotée sur un poteau. Dans un pit de sable. Dans une ruelle sale. Dans une vieille chambre d'hôtel *cheap*, avec trois femmes. Au milieu d'un salon pendant un *party*. Dans des milliers de salles de bain de bar. Avec cinq femmes différentes, dans le même bar, dans la même soirée. Je rêve qu'elles viennent me faire une fellation chacune leur tour, dans les toilettes publiques.

Je rêve que ce soit à volonté, avec n'importe qui, n'importe quand. Que ce soit bref, mais bon, qu'on soit bestials, dévergondés, qu'on ait aucune retenue. Qu'on fasse que ça, baiser, toujours, qu'on pense à rien d'autre qu'à baiser, complètement défoncés.

Je rêve d'être toujours complètement défoncé, d'avoir toujours une bouteille de vin à la main, de fumer des tonnes de cigarettes à l'heure, de prendre toutes les drogues du monde le soir venu, d'être sur des *high* pendant trois jours, de prendre une semaine pour m'en remettre pis de recommencer.

Je rêve de me crisser de l'amour des autres souvent pis de vouloir crever d'amour pour une femme parfois. De la harceler, de courir après à l'infini, de penser juste à elle tout le temps et de lui écrire des lettres longues, violentes dans lesquelles je parlerais de trahison, de suicide et de vengeance.

Je rêve d'être Modigliani.

Je rêve d'être Musset. D'être Feydeau.

Je rêve d'être Baudelaire. D'être Rimbaud.

Je rêve de vivre au XIXe siècle, de fréquenter les bordels, complètement soûl, d'amener une fille dans un coin, de baisser mes bretelles, de soulever ma chemise, de mettre mes mains sur ses seins et de lui faire l'amour, à elle et à toutes les autres, jusqu'à ce que la syphilis me prenne.

Je rêve de faire l'amour à toutes ces filles-là, et de les peindre après. De les peindre sur d'immenses toiles, en donnant des coups de pinceau n'importe où, sans m'en soucier pis que ça donne des chefs-d'œuvre vibrants de vie, de soif, d'envie, de désir et que ça paraisse dans ces mouvements-là, que je retiens rien de tout ça, que je laisse tout exploser. Que sur mes tableaux les femmes aient toutes le même visage, celui de la mélancolie, et que mes couleurs soient toujours les mêmes, celles du sang, du sexe pis de la beauté de vivre comme des cons.

Je rêve de vivre comme un con. De mourir complètement défoncé après deux-trois ans de débauche.

Je rêve de revenir à l'époque où les artistes peignaient et écrivaient avec urgence, avec fébrilité, avec abandon, en total investissement d'eux-mêmes, de toute leur chair, de toutes leurs mains, parce qu'ils sentaient que leur vie serait éphémère et courte et que, comme ça, ce qui resterait d'eux seraient leurs tableaux et leurs écrits et que ça resterait longtemps.

Je rêve d'avoir besoin de rencontrer une femme juste quelques minutes pour pouvoir la dessiner magnifiquement. Je rêve d'avoir le culot de lui demander de me montrer son sexe, qu'elle accepte de me le donner pis que là-dedans, inconsciemment sûrement, on fasse jaillir toute notre tristesse, notre impuissance, mais qu'en un seul coup, comme par magie ou par convention invisible, on s'offre aussi toute notre couleur, notre vie et notre intensité.

Je rêve d'être jeune et inconscient, de vivre comme ça, peut-être en blessant des gens autour de moi, mais qu'il y ait dans chacun de mes gestes, un geste intense, un geste contre le quotidien, contre l'insupportablement long, un geste contre la résignation, l'abandon, le poussiéreux. Un geste contre l'art trop réfléchi qui veut plus rien dire.

Mourir pauvre, mais le sexe rempli de sexe et de baisers.

Olives

J'en parle jamais. J'en parle même pas à mon chum. Ni à ma sœur, ni à ma meilleure amie, ni à ma mère. Ça me gêne, vraiment. Je voudrais pas que les gens que j'aime s'en aperçoivent, je sais pas comment je pourrais faire après.

Personne le sait parce que je suis très très bonne pour pas que ça paraisse, pour juste avoir l'air de pas m'en faire, de laisser aller, tsé. Je comprends pas les gens qui sont pas comme moi. À un moment donné, j'ai presque eu peur que ce soit un genre de TOC, une sorte de trouble, une affaire dans la tête, un bobo, là, mais non. C'est pas ça. Je compte pas combien il y a de murs dans ma chambre cinquante fois avant de m'endormir, je *freake* pas quand je marche un nombre de pas qui est pas un multiple de dix, je pile sur les lignes des trottoirs, j'ai pas une routine qui se peut pas avant de sortir de l'appart, je fais pas le ménage tout le temps. Je suis normale, je pense. Dans la mesure où ça veut dire quelque chose. Non, c'est plus, c'est plus sournois, c'est plus… caché.

Ça paraît pas que je compte. Mais je compte. Le pourboire exact. Les minutes d'interurbain avec ma mère. Les degrés sur le thermostat. Les films loués, les jours de retard, le cinéma. Combien de brassées avec une bouteille de savon à linge. Combien de bols de céréales dans une boîte familiale. Combien de fois j'écoute le CD, si je finis le livre ou s'il me tombe des mains, et si oui, combien de pages j'ai lues. Les invités. Ce qu'ils prennent de shampooing, de dentifrice, de démaquillant, d'eau chaude, de bière, de biscuits, d'olives, de digestif, de café, de toasts, de beurre de pinottes. De papier de toilette, crisse. Je compte les billets d'autobus, le temps que j'ai pour utiliser le transfert, les kilomètres, l'essence, le stationnement. Les transactions avec ma carte de guichet. Les bouteilles consignées. L'électricité. Ça c'est super, parce que ça l'air d'être pour la planète, ça je m'en cache pas, je fais comme si j'étais écolo. En fait, je pense que je suis écolo quand même, ça s'annule pas, c'est pas parce que j'ai mes raisons de faire attention que ça change le résultat. *Anyway*. C'est pas une maladie mentale, c'est ça que je veux dire. C'est juste… laite. C'est juste triste. Je sais qui de nos amis nous ont invités à souper, combien de fois, et qui, nous, on a invités, je me rappelle de qui apporte jamais de bouteille de vin, et même, je sais qui apporte du BON vin et qui apporte des bouteilles *cheaps*, je le vois, c'est plus fort que moi, je le remarque et je le compte, je peux pas faire autrement. Je sais à qui j'ai payé des verres et qui m'en a jamais payé. Je sais exactement combien j'ai gagné chaque année depuis que j'ai fini l'école. Je sais combien j'ai dans mes REER, je sais combien je paye de frais bancaires, je sais exactement combien de jours je pourrais tenir avec ce que j'ai en ce moment, combien de temps, avec les assurances, je pourrais m'en sortir si je pouvais plus travailler d'un coup.

Je calcule tout. Toujours. Mon cerveau est fait comme ça. Ça me déconcentre. Je peux pas recevoir un cadeau tranquille, je pense à ce que je dois, à ma nouvelle dette, dès que quelqu'un veut me faire une surprise il me met dans tous mes états, mais c'est pas de sa faute, alors je le dis pas. La plus grosse partie de mon énergie dans la vie est consacrée à cacher cette partie de moi qui a peur de manquer de quelque chose. Je sais pas d'où ça vient. J'envie les gens qui vivent en dehors de ça. Il y a des gens qui ne s'inquiètent pas, jamais, ça me fait capoter. Il y a des gens qui ont deux cents piasses dans leur compte et c'est tout ! Ils ne savent pas quand est-ce qu'ils vont être payés la prochaine fois et ça ne les fait pas s'effondrer, je comprends pas ça, je suis complètement jalouse. Je me dis que je pourrai jamais partir en voyage ailleurs que dans un tout inclus. Je me dis que je pourrai jamais faire un bébé. Je me dis que mes parents auraient dû m'apprendre une chose dans la vie et c'est que rien ne manque. Comme dirait Boudha, ou un moine, ou un poème, rien ne manque, la vie est pleine de tout, tout est là, je veux dire : j'ai jamais manqué de rien, pourquoi, pourquoi j'ai peur que ça s'arrête ?

Je me dis que je voudrais acheter une robe tranquille, des souliers neufs, du parfum, marcher sur le trottoir au printemps et penser à rien d'autre qu'à mon amoureux que je m'en vais rejoindre chez nos amis, et boire le verre de vin blanc qu'on m'offre quand j'arrive sans m'étrangler d'inquiétude. Rien ne manque. Je le sais. C'est juste que ça me rentre pas dans la tête.

Orange

Chaque été, on dirait que j'ai comme une remise en question, j'me sens mal, j'me sens coupable, en fait, chaque été, je me reprends en main pis je me dis que j'irai, comme un grand, comme quelqu'un de conscientisé, comme un kiwi et des hommes, que j'irai toutes les semaines au marché. Je trouve ça super noble d'aller là, je trouve ça super noble de plus acheter mes fruits pis mes légumes à l'épicerie pis d'aller toujours là-bas, au marché, chercher des choses fraîches, fabriquées ici. Je trouve que c'est un endroit super inspirant, moi j'trouve qu'il a raison au boutte Francis Reddy, c'est vrai qu'on a l'impression d'être plus en santé, d'être plus dans la vraie vie pour vrai. À chaque début d'été, je me dis que c'est bien ça, d'aller au marché, qu'il est juste à côté en plus, mais finalement, d'habitude, j'y vais une ou deux fois pis c'est tout.

Sauf cette année.

On est juste en mai, on est même pas encore, théoriquement, l'été pis j'y suis déjà allé une douzaine de fois.

Parce que. Parce qu'il y a la vendeuse de fruits du kiosque à l'entrée.

La « toucheuse » de fruits à l'entrée.

La vendeuse de fruits à l'entrée à qui j'ai demandé l'autre jour : « Est-ce que c'est bientôt la saison des oranges ? » Et qui m'a répondu en souriant : « Non. La saison des oranges, c'est en hiver ». J'ai dit : « C'est plate. » Elle a répondu : « Oui c'est plate. » Et j'ai dit, en regardant celles qui étaient juste sous ses seins, devant son nombril : « Ça veux-tu dire que celles-là sont pas bonnes ? » J'aurais pu lui dire autre chose. J'aurais pu lui dire autre chose de plus intelligent au lieu de lui poser ma question conne, qui était en fait une blague pas drôle.

Elle me donne envie de toutes les manger ses fruits. Toute la gang. Je sais pas si on peut manger trop de fruits, mais en tout cas, moi, depuis un mois, j'en mange vraiment beaucoup, j'en mange tous les jours pis des petites fois j'en jette, parce que j'vais au marché tous les deux ou trois jours pis que je viens pas à bout de manger tous les fruits que j'achète.

Je sais pas comment parler aux filles. C'était clair avant. Maintenant c'est super clair. En fait, je suis vraiment impressionné par ma capacité à rien dire d'intelligent ou de significatif à la jolie vendeuse de fruits.

Elle a l'air d'être faite en pâte d'amandes. Je peux pas lui dire ça.

Elle a l'air de sourire vraiment beaucoup pis d'être de bonne humeur le matin, on dirait que peut-être ça lui arrive de se réveiller parce qu'elle rit dans son rêve, de se réveiller en éclatant de rire. Je peux pas non plus sérieusement lui demander ça : « Est-ce que tu ris quand tu dors ? » Après un mois de *small talk* autour des fruits de saison, elle me trouverait trop bizarre.

Je peux pas lui demander si elle a un chum non plus. Ça se fait pas il me semble. En plus je pense que je m'en fous, je pense que si elle a un chum elle est pas avec le bon chum.

Je sais pas par quoi commencer. Qu'est-ce qu'il y a entre « Salut, elles sont combien tes tomates ? » pis « Salut, j'te trouve belle. J'te trouve belle comme l'île d'Orléans. Je te trouve belle comme. Comme le fleuve au printemps » ?

Je sais pas quoi lui dire.

Pis je m'enfonce de plus en plus, parce que maintenant elle croit que je suis un passionné des fruits. Ça commence presque à être sans issue. Pis là, en plus, ce qui rentre aussi en ligne de compte, c'est qu'on dirait que j'ai peur qu'elle commence à penser que je suis gai parce qu'en fait, réalistement, même si ça doit être *cute*, c'est pas très viril pour un gars de vingt-cinq ans de venir parler de framboises pis de tomates, presque tous les jours et en acheter à chaque fois sous prétexte que je cuisine beaucoup, que je fais les meilleurs renversés, les meilleures confitures, les meilleures tartes aux tomates et parmesan, que j'ai dont hâte que les p'tits concombres sortent pour que je fasse des cornichons à l'aneth. Tout ça est pas vrai de toute façon. Je fais aucune confiture, je sais même pas comment faire ça, des confitures, encore moins une tarte aux tomates, euh non, encore moins, je veux dire, des cornichons à l'aneth ! ?

En fait, ce qui serait beaucoup plus viril, c'est d'aller voir, demain, ma petite jardinière d'amour pis de lui dire enfin que je l'aime, je pense. Mais en enlevant le « je pense » parce que ça, ça fait pas très convaincu pis ça fait que c'est un peu flou. Est-ce que ça se peut aimer quelqu'un qui, dans la vie, t'a juste souri pis vendu des fruits ? Qui a juste répondu à tes questions maraîchères, qui a juste pris le temps de rire de chacune de tes *jokes* pas drôles, qui t'a juste choisi les fraises les plus belles ? La réponse est oui. Je suis la preuve qu'on peut dire n'importe quoi à quelqu'un pendant très longtemps juste pour pas lui dire qu'on l'aime. Je suis la preuve qu'on peut parler sans arrêt de choses qu'on connaît pas juste pour pas embrasser la fille qui te rend ta monnaie. Être amoureux, c'est très surestimé comme état. Quand tu penses à ça pis que t'es pas amoureux, t'as l'impression que ça va régler tous tes problèmes, que tu vas enfin trouver une façon de vivre, une voie, que tu vas avoir un pouvoir sur ta vie et ta destinée, qu'une fois que tu aimes, tout prend son sens, tout se place, mais non, c'est plus difficile. C'est de ça qu'ils devraient parler, dans *Des kiwis et des hommes,* et pas des différentes saveurs de poivrons, parce que ça sert à rien de parler de poivrons, de sirop d'érable ou de courgettes ou de fraises hâtives. *Fuck.* La prochaine fois que j'vais au marché, j'achète pas un seul fruit, pis je lui dis que je l'aime. Je pense.

Pandas

J'ai un cafard immense à chaque fois que j'entre dans un centre commercial de banlieue.

Cafard limite panique.

Je trouve ça laid. Tous les magasins là-dedans sont toujours sur le bord de fermer, d'ailleurs y'a toujours plein de magasins fermés, de locaux vides, les commerces ouverts sont des magasins pour les vieux, bref, j'haïs ça.

Je hais le carrefour Beauport, le carrefour Lebourgneuf, le carrefour Les Saules, le carrefour Neufchâtel, le carrefour Charlesbourg.

Je déteste les Rossy.

Les Dollarama.

Les Un dollar ou deux.

Les Tigre Géant.

Ça me donne le cafard.

Par contre, j'adore les épiceries.

J'adore faire l'épicerie.

Sauf le Super C de Neufchâtel.

Il me donne encore plus le cafard celui-là.

Jusqu'à douze-treize ans, je suis allé faire l'épicerie avec ma mère tous les jeudis.

Ça fait partie des choses qui ont été les plus importantes pour moi. C'était notre rendez-vous.

Bien des choses changeaient dans notre vie.

Mon père est parti. Mes grands-parents qui restaient à côté de chez nous sont morts. On a donc arrêté d'aller déjeuner chez eux la fin de semaine. On a vendu la maison. J'ai changé d'école. D'amis.

Mais on a toujours continué à aller faire l'épicerie ensemble. Le jeudi.

On allait manger au Super frite, ma mère me commandait deux roteux stimés avec un jus de « poil » (qui était plus logiquement un jus de pêche, j'imagine). On allait magasiner un peu dans le petit centre commercial pis on finissait par aller faire l'épicerie.

J'ai toujours été mature. Ou mal à l'aise. Mais en tout cas j'étais tranquille. C'est pour ça que ma mère m'amenait avec elle. Parce que je disais pas un mot. Elle a toujours aimé ça que je dise pas un mot.

Plusieurs choses ont changé. Mais pas cette habitude-là. Pas nos sorties du jeudi.

Mais plusieurs autres choses ont changé.

Ma mère a changé.

Mais jamais notre belle soirée du jeudi.

J'avais toute la collection des revues *Hibou*, qu'on achetait au Dollarama, et pis mon préféré c'était celui sur les pandas, j'adorais les pandas, maintenant je les déteste. Mais à l'époque, je devenais fou quand je voyais un panda à quelque part. J'en ai jamais vu en vrai. J'aurais sûrement fait un arrêt cardiaque.

Pis un jour, un jeudi, j'en ai vu sur un pyjama.

J'ai vu, sur ce fameux pyjama bleu, des pandas noir et blanc à la tonne.

On était au Rossy, on venait d'entrer au Rossy, ma mère me tenait la main et tout de suite j'ai vu mon beau pyjama. J'ai fait voir de rien, on a fait quelques rangées, je me suis éloigné pis je suis retourné vers les pyjamas.

Quand je suis revenu vers ma mère, un peu nerveux parce qu'y fallait absolument qu'elle accepte de me l'acheter, elle était assise sur une chaise de patio, dans un décor de terrasse d'été, de terrasse *cheap*, pis elle fumait une cigarette.

Ma mère a été internée ce soir-là.

C'est mon oncle qui, trois jours plus tard, acceptait de venir avec moi acheter mon pyjama.

Je l'ai eu sur le dos trois semaines sans jamais l'enlever.

J'ai pas revu ma mère pendant ce temps-là.

Pis ça m'a pris d'un coup, pendant une nuit. Je me suis réveillé complètement en panique. La peur de plus jamais la revoir.

Je suis sorti du lit, sorti de la chambre, de la maison.

J'ai marché. Longtemps. Une voiture s'est arrêtée. J'ai dit : « Je m'en vais à l'hôpital voir ma mère. » Je suis monté. J'avais le haut de mon pyjama dans les mains. C'était mouillé. La sueur probablement.

Je me souviens plus de leur visage. Mais ils m'ont reconduit à l'hôpital, ils sont entrés avec moi. Le gardien nous a dit que les visites étaient terminées, alors ils m'ont raccompagné chez mon oncle. Je suis descendu de la voiture, je pense que j'ai rien dit, je pense que j'ai pas dit merci, j'étais. J'étais déchiré, à plaie ouverte, à ciel noir ouvert. J'étais fendu pour toujours. J'étais devenu un peu différent, plus triste, un peu plus tout seul pour toujours.

Mon oncle s'est levé pas longtemps après. Il est sorti dehors, pis il s'est mis à crier en courant vers moi.

J'avais mis mes pandas par terre pis le feu dedans.

J'étais nu, dehors, en pleine nuit, mon oncle à côté de moi, pendant que mon pyjama brûlait.

Un jour, je ferai un documentaire sur les pandas.

Pis ça parlera de bipolarité
d'abandon
d'habitudes perdues
de pus jamais pareil comme avant
pis d'infinie tristesse.

Planchers

Hier soir, j'ai rencontré une chorégraphe.

Pis je souhaite lui faire l'amour.

Je souhaite mettre ses deux seins dans ma bouche. Parce que c'est les deux plus beaux seins que j'ai vus dans toute ma vie.

Ils sont magnifiques.

Pis j'ai envie de les avoir dans la bouche.

Et dans les mains.

Hier soir, j'ai rencontré une chorégraphe et je souhaite lui faire l'amour.

Je souhaite qu'elle me bouge dans la face, qu'elle bouge devant mes yeux parce qu'elle bouge avec ses fesses pis que ça me donne envie de lui faire l'amour.

Parce qu'elle bouge comme si elle était sur scène, mais qu'elle te parle comme si elle était pas sur scène, comme si elle était là pour vrai et qu'elle te parlait simplement ; elle est là pour vrai et elle te parle simplement, mais elle bouge, inconsciemment, comme si elle était sur scène.

Elle respire avec son dos, en marchant.

Tu vois passer

tu vois monter sa respiration quand elle marche

tu vois que ça part du dos

de ses fesses

que ça monte jusque dans ses seins et que ça se termine

que ça se finit

que ça sort

par sa bouche, qu'elle amène légèrement à l'avant.

Tout le monde respire pis j'en avais rien à foutre jusque-là

mais

hier soir

j'ai rencontré une chorégraphe et j'ai remarqué qu'elle respirait.

Je me suis dit : « Crisse a respire dont ben bien ! »

Je pense que c'est parce qu'elle respire de partout, elle respire « dans » partout

dans ses doigts

dans ses jambes

dans son visage qui est toujours un peu en mouvement.

Hier soir, j'ai rencontré une chorégraphe et je souhaite lui faire l'amour parce qu'elle respire de partout pis que je me dis qu'il faudrait sûrement quelqu'un, à un moment donné, pour prendre son pouls, pour voir comment ça change ce corps-là, de partout, quand son pouls augmente.

Et ça me dérangerait pas du tout moi

je me porte absolument volontaire pour tenter l'expérience pis lui faire augmenter son pouls

voir

comment ça réagit par là-bas, comment ça réagit dans ses cheveux, dans ses fesses, dans ses doigts.

Hier soir, j'ai rencontré une chorégraphe et je souhaite lui faire l'amour.

Je souhaite qu'elle veuille me faire l'amour

tout de suite.

Je souhaite que ce soit elle qui le propose.

Que je fasse semblant d'y penser.

Et que pendant que je fais semblant d'y penser, elle pense à tout ce qu'elle me fera, qu'elle fasse un plan de tout ce qu'on fera.

Non.

Je souhaite qu'on fasse aucun plan

je souhaite qu'on improvise tout

qu'on mette nos bouches

nos mains

nos sexes
sur la table
et qu'on improvise avec ça
qu'on se laisse faire.

Je souhaite me laisser faire, et que la belle chorégraphe que j'ai rencontrée hier accepte que je me laisse faire, qu'elle me dise que c'est correct pis qu'elle s'occupe de tout.

J'ai envie que la belle chorégraphe me chorégraphie une nuit avec elle

Je veux qu'elle commence par me montrer

je veux qu'elle m'explique en me montrant, pour commencer.

Qu'elle se lève et qu'elle bouge

Qu'elle commence toute seule pis que je la regarde.

Et quand j'aurai compris

quand j'aurai vu

je me lèverai aussi pis on le fera à deux.

On dansera à deux.

Je suivrai ses mouvements, je suivrai les mouvements qu'elle aura inventés, on bougera ensemble

lentement

pour prendre le temps de mettre nos mains aux bonnes places

de mettre nos respirations aux bonnes places

de mettre nos rythmes à la bonne place.

Je veux qu'elle me montre à respirer comme il faut, qu'elle me montre à respirer du ventre si elle veut, pourvu qu'elle mette ses mains sur le mien.

Je veux qu'on mette de la musique.

J'veux qu'on s'occupe de l'éclairage, qu'il découpe parfaitement son corps parfait de petite chorégraphe.

Je souhaite qu'on parte en tournée ensemble.

Qu'on fasse toutes les chambres d'hôtel du monde, qu'on s'arrête dans toutes les toilettes de restaurant faire l'amour sur le pouce.

Qu'on fasse des tournées et qu'on traverse l'Europe en train, dans toutes les cabines de tous les trains d'Europe.

Je souhaite qu'on signe des autographes à tout l'monde, que tout l'monde sache pas pourquoi on a signé des autographes, mais qu'on ait signé quand même des autographes sur tous les draps, sur toutes les nappes, sur tous les trottoirs.

Je souhaite qu'on mette en feu tous les draps, toutes les nappes et tous les trottoirs parce qu'on passe pis qu'on fait juste ça, se mettre du feu dans le ventre.

Je veux qu'on ait du feu partout sur les mains et qu'on en mette partout, qu'on sente que ça brûle et que ça blesse personne.

Je souhaite qu'on nous regarde mettre le feu
nu-pieds
ça peut être en cuissard noir si elle veut
qu'on nous regarde mettre le feu en frottant nos pieds contre tous les planchers possibles
dans tous les espaces noirs possibles
qu'on frotte nos pieds contre les planchers
qu'on bouge jusqu'à mettre le feu et qu'on brûle
la bouche de la chorégraphe que j'ai rencontrée hier contre la mienne
qu'on brûle
tout nus
assis sur le plancher en feu
dos au public
sur une toune de Cinematic Orchestra
ou de Cat Power
qu'on se lève
qu'on ait fini de brûler
qu'on aille manger un peu pis qu'on recommence à brûler
ailleurs
sur d'autres planchers.
Je souhaite que tous les chorégraphes du monde soient jaloux de nos chorégraphies
que Dave St-Pierre soit jaloux de nos chorégraphies

parce que nos chorégraphies sont encore plus belles que les siennes.

Qu'on est encore plus tout nus que dans les siennes.

Que nos planchers sont encore plus mouillés que dans les siennes.

Puberté

J'ai déjà brisé un ordinateur portable en vomissant dessus.

J'avais quatorze ans, c'était le premier ordinateur portable de mon père, je pense qu'à l'époque ça coûtait beaucoup plus cher que maintenant, en fait je pense qu'à l'époque ça coûtait excessivement cher.

Je chattais sur ICQ (l'ancêtre de MSN) pis un moment donné ça a fait « Hon-Hon », ça a fait le son que ça faisait quand tu recevais un message. Jusque-là, rien de très rocambolesque. C'était ma blonde. Encore là, rien de très rocambolesque. La partie que je suis assez à l'aise d'intituler *rocambolesque* commence au moment où elle m'a écrit, comme ça, que c'était fini, je veux dire qu'elle me laissait, bête de même, conne de même. Je me suis mis à paniquer comme il faut, je me suis tendu, ça a monté en moi pis j'ai vomi sur l'écran et le clavier de l'ordinateur de mon père. Je lui ai crié de venir, il est venu, il a crié lui aussi, il a vu sur l'écran, il a lu sur l'écran, il s'est arrêté, il disait rien, ça a pris un temps, puis il a fermé l'ordinateur en deux, il a refermé l'écran sur le clavier et il l'a déposé dans la poubelle. Il m'a touché l'épaule et il est sorti.

J'avais quatorze ans, j'aimais comme un chien, j'aimais comme un enfant, je lui aurais tout donné à cette conne qui m'a laissé sur ICQ, elle m'a fait vomir de façon humiliante sur le clavier du portable à mon père qui avait dû lui coûter trois mille dollars, je la déteste et si jamais je la revois, je pense que… Le pire en fait, ce qui est le plus humiliant là-dedans, c'est que si je la revoyais, dix ans plus tard, je pense que j'aurais envie de la *frencher,* je pense que je la *frencherais,* même si elle veut pas, elle me doit bien ça je me dis, parce que je l'ai aimée comme un fou, cette conne là, QUI M'A LAISSÉ SUR INTERNET je le répète, je l'ai aimée et cette fois-là, la fois où j'ai vomi sur l'ordinateur portable de mon père, j'ai pensé que j'allais mourir. J'étais assis sur la chaise du bureau, moi, mes vingt-sept boutons et toute ma naïveté, on était assis comme il faut sur la chaise du bureau, une grande chaise noire avec des roues, on était assis là, on faisait de mal à personne, on était plein d'espoir, moi et mes boutons, ma naïveté allait super bien, elle était super bonne cette naïveté-là pis tout d'un coup, ICQ m'a explosé dans la face, ICQ m'a rentré dedans comme un taureau, pis j'ai pensé que j'allais mourir.

J'ai arrêté d'avoir des boutons, j'ai mué, j'ai eu plein de poils, je suis devenu un peu plus méchant, plus soupçonneux, moins confiant. J'ai commencé à avoir peur des autres, à me méfier des autres, j'ai commencé à rire des autres. Y'avait rien d'excessif là-dedans, mais c'était pas là avant ça. Tout ça c'était pas là avant.

En fait, c'est que cette fois-là, je parle encore de la crisse de fois où j'ai vomi ma puberté sur le portable de mon père, je pourrais en parler sans jamais m'arrêter, cette fois-là, je me suis tellement senti comme de la marde, tout s'est écroulé en moi, j'ai eu une nouvelle opinion de moi, j'ai réalisé des choses que j'avais jamais réalisées, tous mes défauts me sont apparus en *zoom in*, je me suis senti comme de la marde quand mon père est entré dans le bureau, je me suis senti comme de la marde quand mon père a vu que ma blonde venait de me laisser sur ICQ, je me suis senti comme de la marde quand mon père a mis sa main sur mon épaule et mon réflexe, le réflexe que je garde encore, c'est de pus jamais prendre les choses autant au sérieux, de toute prendre un peu en riant, pas dans le sens « zen » du terme, pas dans le sens « déçu et désillusionné » du terme, je pense que je suis quelqu'un d'un peu désillusionné ou pas désillusionné mais de plus nonchalant, de moins pressé, on dirait que je trouve ça plate. Je suis clairement devenu quelqu'un de plus léger, de plus drôle, de plus ou moins responsable, de plus détaché, je suis le gars *cute* encore un peu ado, je fais rire le monde, je suis vraiment sympathique, j'ai plein d'amis, tout le monde me parle, mais je pense qu'à quatorze ans je m'enlignais pour devenir quelqu'un de plus sombre, de plus intense, de plus mystérieux, d'un peu plus lourd. Quelqu'un de super heureux, mais de plus sobre, de plus mature.

ICQ : *I seek you* : Je te cherche. Qu'on me cherche pus, justement. Je suis pus quelqu'un qu'on a besoin de chercher, on a pus besoin de me faire vomir mes tripes pour me connaître, j'ai plus aucun mystère, je suis transparent. Ça passe super bien en public, je suis super simple. C'est ça, je suis super simple. Je suis super simple pis je me demande « Si ma blonde me laissait, ce soir, sur Facebook, est-ce que j'aurais encore quelque chose à vomir ? » On dirait que je pense que pas tant que ça.

Riz

Dans la nuit du 31 décembre, je fais toujours mes comptes. Je regarde autour de moi et je remercie, en silence, en secret, pour ce que j'ai, pour ce qu'il y a autour de moi, pour les gens, pour la chance. Je repense à l'année, à ce que je vais choisir de couler au fond de ma mémoire. Je rends grâce, qui est une expression magnifique. Je me souviens et je dis merci.

Je prends un petit cahier et j'écris : la liste des choses magnifiques de 2008. Je mets tout dedans, mes histoires et celles des autres. La libération d'Ingrid Bétancourt. Les naissances d'Antonin, de Béatrice, d'Aimée, d'Émir, de Nicolas, les grossesses de mes amies, les villes que j'ai vues ou revues en voyage, Lisbonne, Tavira, Faro, Lagos, Paris pas longtemps, Tadoussac, Wells, New York à Noël avec ma famille. Je compte les jours passés près de la mer : vingt-sept. J'écris les noms de mes nouvelles amies : Alexandrine. Estelle.

J'écris le nom de mon amour, encore neuf, encore là : Antoine. Enfin Antoine. Je compte les nuits passées avec lui cette année : trois cent quarante-cinq. Deux cent cinquante-sept de plus que l'an passé. Je ferme mes yeux et je pense à où j'étais avant de le rencontrer, je pense que je suis bénie.

Je pense à Barack Obama aussi et au fait que j'ai assisté à son élection devant ma télé en compagnie de ma meilleure amie, qui était à Québec par hasard pour le travail, je pense qu'on s'est dit qu'on pourra raconter à nos enfants qu'on était ensemble pendant cet instant historique, je pense à l'avion qui a atterri d'urgence dans l'Hudson River et à tous les passagers qui ont survécu, je pense aux films, aux livres, aux mots qui sont entrés dans ma vie pour la rendre meilleure, plus douce ou plus humaine, je pense à Miron que je n'avais jamais lu et que j'apprends par cœur maintenant, je pense à ceux qui rendent le monde plus habitable et j'écris leur nom. Je pense à mes amis. À ma sœur et mes frères. À mes parents. Je pense aussi aux recettes que j'ai apprises, l'ananas caramélisé au miel et à la vanille, la morue au citron et aux olives, le crabe des neiges, je n'avais JAMAIS mangé de crabe des neiges frais, je remercie pour tout, la peinture recyclable et la couleur coton, les burgers au tofu du Crac, Communauto, il n'y a pas de petites joies. Quand j'ai fini, je suis éperdue de reconnaissance.

Alors je peux ouvrir mon autre cahier. Celui que j'avais quand je suis partie en voyage en Asie, sept mois de fugue en solitaire, il y a maintenant huit ans. J'avais trente ans et je savais plus rien, je savais seulement que j'avais envie de rizières et de longs matins de marche, en sandales dans l'air humide, de nuits chaudes et de ventilateurs, de balades en moto-taxi dans Hanoï, de plantes dont j'ignorais le nom, d'une langue inconnue partout autour de mon esprit. J'avais besoin de beauté et de temps. J'avais besoin de prendre le train. Et j'ai fait tout ça.

Je suis tombée amoureuse du pays en premier, et de lui pas longtemps après. C'était un amour insensé et c'était un amour nécessaire parce que c'est cet amour qui m'a sauvée de tout, de l'ennui, du désarroi, de la perte de sens, de moi. C'était un amour qui ne se pouvait pas et c'est l'amour qui m'a traversée le plus profondément, c'est l'amour le plus beau et le plus utile de toute ma vie – c'est l'amour qui m'a appris l'amour, et qui m'a appris, parce que j'avais besoin de l'apprendre, que je pouvais être aimée, être aimée à la folie, être aimée éperdument, être aimée plus que tout. Plus que le réel. Et que je pouvais aimer, moi aussi, plus que le réel. Moi qui croyais que je n'étais plus capable d'amour, moi qui me croyais condamnée à n'aimer que les fous ou les absents. Au bout des sept mois je suis revenue. On s'est écrit un peu, en anglais, des lettres déchirantes. Je suis retournée le voir, deux fois. J'ai pleuré chaque fois que je l'ai quitté. J'avais l'impression de quitter la seule personne qui tenait vraiment à moi sur la terre. Puis un jour, j'ai décidé de ne plus y retourner. J'ai décidé que puisque je n'allais pas l'arracher à sa vie là-bas, et que puisque je n'étais pas prête à aller le rejoindre pour de bon, j'allais rester, et j'allais laisser ma vie ici se tisser plus serrée.

J'ai rencontré mon amour deux ans plus tard.

Dans mon cœur, encore aujourd'hui, il y a un grain de riz. Dans le grain de riz, il y a moi et il y a lui. Il y a cette vie parallèle dans laquelle j'habite Hanoï, je suis mariée avec lui, et j'ai deux enfants bridés. Chaque année, quand je fais les comptes, je me rappelle l'âge qu'ils auraient. Six et trois ans et demi. Un garçon, une fille. Aux cheveux noirs et aux yeux bleus. Chaque année, quand je fais les comptes, je remercie pour le grain de riz qui, un jour, est venu se lover dans un coin de ma vie.

Spasme

Des fois j'ai des secousses intérieures vraiment disproportionnées par rapport à la réalité.

Des espèces de spasmes, des contractions, violentes, pas incontrôlables parce que je les rentre en dedans, je peux quand même faire ça, les comprimer ou je sais pas, les mettre en boîte, peser dessus, mais je suis pris par ça et je comprends comment quelqu'un peut un jour prendre un batte de baseball, un canif ou même un *gun*, sortir de chez lui, et aller frapper.

Fort.

Des fois c'est contre les objets. C'est quand même plus rassurant, de diriger ça, son spasme, contre quelque chose d'inanimé, mais quand même. Je fantasme sur l'idée d'un marteau contre mon ordinateur. Ou de toute ma vaisselle en pièces par terre sur le plancher. Des fois c'est contre les gens, et dans ce temps-là, ça me fait peur. Frapper.

Frapper fort.

Frapper longtemps.

Prendre le crâne, par-derrière, par l'os au-dessus de la nuque, et serrer, et cogner le front sur la table.

Une fois.

Deux.

Fois.

Trois.

Jusqu'au sang.

Jusqu'à ce que ça devienne mou.

Je le fais rarement. Je le fais jamais, en fait. Une de mes réalités à moi, c'est que j'ai l'air d'avoir seize ans, dans les journées où j'suis cerné comme il faut, quatorze quand j'suis en forme et de bonne humeur, ce qui fait, on dirait, qu'intérieurement, inconsciemment, quelque chose m'interdit d'être naïf et souriant et enfantin, parce que j'ai une face d'enfant, qu'on me prend jamais au sérieux, que quand j'vais dans un Normandin avec mes parents, on offre un café à mes parents pis un petit jus à moi, que ça me fait chier, que comme ça me fait chier mais que j'ai l'air d'un enfant on me prend pas au sérieux, que comme on me prend pas au sérieux ça me fait encore plus chier ; c'est un immense et infini cercle vicieux qui fait que j'ai toujours envie de crisser une bonne tape en arrière d'la tête d'une serveuse, que j'ai toujours une envie de brûler, ou de détruire un dépanneur, un Tim Horton, un barman cave, un employé payé beaucoup trop cher pour sa job de pogne-cul dans un bureau du gouvernement, un Indien, avec son ostie de décalage de vingt-deux secondes à chaque fois qu'on se parle, qui m'appelle de la part de Future Shop, un chauffeur d'Allo-Stop qui, j'ai l'impression, s'imagine qu'on est là pour devenir les deux meilleurs amis du monde, Éric Salvail pis sa face de *wanna be* une vedette drôle, quelqu'un à qui j'm'excuse de l'avoir légèrement accroché sans faire exprès pis qui me fait une face de marde et trois cent quarante-sept autres personnes par jour, à qui j'ai aussi envie de crisser une bonne claque derrière la tête ou de fesser jusqu'à ce qu'elles s'excusent d'être nées.

Je sais pas ce qui se passerait si un jour quelqu'un embarquait dans mon état, dans mon affaire, je sais pas ce qui arriverait mais ça me terrorise d'y penser, de me figurer qu'un jour quelqu'un puisse ne pas se calmer avant moi, parce qu'une chose est sûre, je me calmerai jamais le premier, jamais. Je serai jamais calme. Je serai jamais d'accord avec la bêtise, l'ignorance, l'hypocrisie, la mauvaise volonté, la mauvaise foi, je serai jamais OK avec le fait qu'on me pile sur la tête, qu'on soit colon, qu'on gaspille, qu'on me méprise, qu'on m'ignore. Je suis pas quelqu'un de tranquille, et c'est une chance parce qu'être tranquille c'est un autre mot pour être mort, mais c'est un peu une bombe à retardement, parce que si quelqu'un restait debout trop longtemps en travers de mon chemin, si quelqu'un se moquait de ma colère, je pourrais me mettre à le détruire, à l'anéantir, au complet, et même si je suis petit, même si j'ai l'air petit, je pourrais, je le sais, ne plus jamais m'arrêter. Il faut jamais que je me batte.

Je suis le plus petit des kamikazes, le plus tranquille, mais je suis *game* en tabarnaque, je suis *game* en tabarnaque et ça me dérangerait pas, ça me dérangerait pas de me battre contre tous les gros sumos de la terre, ils me font pas peur avec leur obésité molle, leurs cheveux de geisha et leur couche de vieil incontinent, mais je préfère ne pas me battre tout d'suite, parce que ce serait grave je le sais, ce serait le coup final, je le sais, alors je fais plus comme avancer lentement au travers des autres, et je me nourris, malheureusement mais malgré moi, je me nourris de toute la bêtise des autres, je marche, j'avance en solitaire, je me nourris, j'ingurgite tout, et c'est pour ça que je dis que je suis un petit kamikaze, parce que, c'est moi le pire, mais je garde tout pour moi, je me construis une bombe à l'intérieur et sans nécessairement être persuadé de m'en servir un jour, sans vouloir absolument m'en servir un jour, je sais qu'elle est là, cette bombe-là, que je l'ai, que c'est violent, que c'est dangereux, mais que je l'ai, que c'est ma force à moi, ma sorte de conscience des choses et que ça me protège, je me dis, non seulement de tous les insignifiants de la terre, mais ça me garde aussi, j'espère, d'en devenir un, complètement, moi aussi, un jour.

Tracteur

J'ai fait mon premier voyage en Europe y'a cinq ans. J'étais avec ma blonde de l'époque, on est partis de Paris et on a longé presque toute la côte, en passant par Bordeaux, Biarritz, Arcachon jusque dans les Pyrénées où, là, on a vu des paysages magnifiques… hantés. Des paysages magnifiques, mais hantés et ligués contre nous.

On faisait du camping, on a l'air très « nature » de même, mais c'est parce que c'était vraiment moins cher, pis finalement c'était juste plus compliqué qu'autre chose, plus chiant qu'autre chose, fallait traîner la tente qui était beaucoup trop lourde, la monter, la démonter, bref on le refera plus jamais, mais c'est ça, on faisait du camping.

Un matin on s'est levés, on avait prévu monter le Pic du midi de Bigorre, alors on s'est levés tôt, super motivés, de toute façon le matin, il faisait une chaleur dégueulasse dans la tente, pis on est partis.

Rendus là, sur le site, on a découvert, d'abord un endroit assez touristique, mais en s'éloignant un peu, on a découvert un paysage fabuleux, on était dans un film, on se sentait dans le *Seigneur des anneaux* (toute la notion médiévale en moins). On était sur une espèce de colline avec une rivière vraiment *cute* à ses pieds. La verdure, le gazon étaient beaux, y'avait des moutons un peu plus loin, tout était parfait. La seule affaire c'est qu'il y avait un genre de poney ou je sais pas trop, mais y'avait un genre de petit cheval dégueulasse pis en érection qui se promenait autour de nous. En ÉRECTION ! Et aussi, autre petit détail, y'avait un gros tracteur qui faisait je sais pas quoi, mais qui venait chercher des affaires pas loin de où on était, qui disparaissait dans les montagnes et qui revenait vers nous chercher des affaires, disparaissait... comme ça, à l'infini, comme un fantôme, en fait, je pense que c'était un tracteur fantôme qui hante sûrement encore les Pyrénées. Mais tout ça nous a pas empêchés de s'étendre, ma blonde pis moi, à côté de la rivière, de s'étendre plus ou moins à l'abri des regards, de toute façon y'avait pas tellement de regards pis on était portés par une espèce de magie, de légèreté, d'adrénaline tranquille, on était portés par un romantisme fou, on était délicieusement détachés de « si ça se faisait ou pas » et on a fait l'amour. On a ESSAYÉ de faire l'amour. Ça s'est passé en deux temps cette histoire-là ; dans un premier temps, on s'embrassait, se touchait, se déshabillait un peu, j'essayais de la pénétrer, le tracteur arrivait, je me retirais, on se couchait sur le dos, les deux, un à côté de l'autre, platoniquement, pour que le tracteur pense qui se passait rien de plus que ça, deux amoureux qui se sont allongés dans le gazon, le tracteur repartait, on recommençait, on s'embrassait un peu, j'essayais de la repénétrer… comme ça trois-quatre fois. Ça c'est dans un premier temps. Dans un deuxième temps, plus tard, quand j'avais réussi à être en elle un peu plus longtemps, des enfants, des enfants qui arrivaient de je sais absolument pas où, des enfants de la nature peut-être, des enfants des montagnes, des elfes ou des anges, parce que j'ai aucune crisse d'idée de par où y sont arrivés, mais des enfants sont bel et bien arrivés, nous on savait pas qu'ils étaient là, mais assez rapidement on a été obligés de s'en rendre compte vu qu'ils nous lançaient des roches, les roches étant beaucoup trop petites, mais quand même très désagréables sur la peau de la face et celle des fesses, pour que ce soit plutôt un éboulement, donc les enfants sont arrivés et nous ont tiré des roches. J'étais dans les Pyrénées avec ma blonde, je la pénétrais magiquement dans la nature, c'était bon, y'avait un tracteur fantôme mais on s'en occupait pus et des enfants sont venus nous tirer des roches sur le cul et dans la face, j'étais dans les Pyrénées, les culottes à terre, en demi-érection et je courais dans le gazon, je courais dans la nature les culottes sur les chevilles, je courais après des p'tits crisses d'enfants mongols pis je les entendais rire pis c'est précisément là, je le jure, c'est précisément là que des allergies insupportables au pollen ont commencé, j'étais vulnérable comme une fourmi, j'étais tout nu, j'étais essoufflé et tout nu, je devais être encore plus ridicule que le poney en érection, encore plus vulgaire que le poney en érection et le pollen a choisi ce moment-là pour me faire chier, la nature a pris un autre sens pour moi, la nature a pris une crisse de dérape pour moi à ce moment-là, je suis retourné vers ma blonde qui était traumatisée, elle était pas fâchée, elle était pas gênée, elle trouvait pas ça comme super drôle, elle était complètement traumatisée, elle avait mal à sa légèreté, je suis revenu vers ma blonde, rouge comme une tomate, j'atchoumais sans arrêt, on s'est rhabillés, on est partis, on est retournés à l'espace touristique, je voulais pus monter le Pic du midi de Bigorre, ma blonde oui, on s'est engueulés, finalement on est montés en genre d'ascenseur, on se trouvait ridicules, ça nous a coûté trente-cinq euros pour monter le Pic du midi de Bigorre en ASCENSEUR, rendus en haut on a pris une trentaine de photos pis on est redescendus.

Depuis cinq ans, j'ai des allergies atroces qui commencent au mois de mai et qui partent juste au mois de septembre, je prends des Aerius tous les jours, quatre mois par année, j'ai vingt-deux ans et j'ai déjà pris six cents pilules d'Aerius dans ma vie et je tiens les petits elfes mongols des Pyrénées totalement responsables de ça. Je tiens ces petits enfants-là totalement responsables de mes allergies et aussi du fait qu'avec ma blonde, le sexe a plus jamais été pareil. Comme si. Je sais pas. Je sais pas si on peut appeler ça un traumatisme, c'est probablement trop intense, mais je l'ai pus jamais sentie s'abandonner au complet quand on fait l'amour.

Trolls

Je me suis brouillonné.

C'est vraiment bizarre parce qu'avec le temps je me suis brouillonné. Je suis devenu plus « à la bonne franquette ». J'ai perdu beaucoup de mon souci du détail, je suis pus quelqu'un de perfectionniste. Non, je dis ça parce qu'avant, jusqu'à peut-être... je sais pas... douze ou treize ou quatorze ans, peu importe, j'étais excessivement minutieux et précis... J'avais besoin, j'imagine, de cet ordre-là, partout. Partout, mais jamais autant que sur le dessus de la bibliothèque que j'avais dans ma chambre. Y'avait de déposée là une imposante collection de trolls, c'était à l'époque où ces affaires-là étaient très à la mode, pis j'adorais m'asseoir sur mon lit pour les contempler, les à peu près cent quinze, debouts, tous toujours très souriants et colorés, les plus grands derrière et les plus petits devant. Y'avait ceux avec des diamants sur le nombril (c'est vraiment une drôle d'affaire d'ailleurs que cette chose), ceux années 1980, ceux de l'armée, ceux infirmiers et médecins, les *sunshine* trolls, les mariés. J'en avais des énormes, j'en avais en toutou, en biscuit, en sac à dos. J'avais une banque en troll, aussi. J'en avais sincèrement pour tous les goûts et j'étais vraiment super fier de ma collection. Bien entendu toute la famille contribuait, à chaque Noël et à chacune de mes fêtes et aussi juste pour le plaisir des fois, à l'accumulation très absurde de ces choses aux cheveux verts. Je me rappelle de ce midi-là où en arrivant chez moi pour dîner ma mère avait déposé sur la table une boîte avec six petits trolls dedans. Ceux-là c'étaient ceux des années 1980… Je me souviens de ce matin-là de ma fête de huit ans où je me suis réveillé avec un nouveau toutou dans les bras (encore et toujours un troll !).

Et je me souviens aussi de cet après-midi-là.

Non.

J'ai parlé des trolls, mais j'ai pas parlé de l'essentiel ; j'ai eu une grand-mère qui m'appelait son *chum*, elle était merveilleuse pis je l'aimais profondément. C'était mon amie, ma confidente. Elle me faisait rire et son affection est encore aujourd'hui la plus douce pis la plus convaincante que j'ai reçue. Elle vivait à Chicoutimi, moi à Québec, et longtemps on a descendu chaque fin de semaine au Saguenay. Le vendredi matin, ma mère faisait ma valise de linge, moi je faisais ma « vraie » valise, ma noire en plastique, celle où je mettais mes affaires préférées, mes nouveaux livres, ma musique, des bricolages, etc. C'était pour lui montrer tout ça, à elle. Aujourd'hui, avec le recul, je me rends compte de sa patience. Parce qu'elle devait se taper tous les vendredis soirs une séance de vidage de valises avec explication et *feed-back* pour chaque nouvelle bébelle.

Bon. Voilà, j'ai parlé de ma grand-mère Nicole.

Maintenant.

Cet après-midi-là.

J'avais onze ans. J'étais chez moi, dans la salle de bain avec ma mère qui nettoyait la douche, quand, par surprise, sont arrivés mon grand-père pis ma grand-mère. Ce qui est super quand on est enfant c'est le non-besoin de verbaliser toute émotion ou sensation. C'est vrai pis c'est dommage qu'on perde aussi ça en vieillissant. On est là, on est bien, on est heureux, content, surpris pis on sourit. On embrasse, on serre, on embrasse encore, on serre plus fort pis on dit rien. Parce que ça sert à rien de parler, c'est moins plaisant. Quel plaisir on a maintenant à rester là, devant l'autre, et à dire : « Je suis content de te voir. » Ça passe bien, c'est sobre, c'est contenu, c'est comme une valeur sûre sociale, mais c'est vraiment moins plaisant que de faire tomber l'autre sur le dos en se tirant dessus. Je suis pas allé jusqu'à faire tomber ma grand-mère cette fois-là, mais quand même je l'ai serrée très très fort. Son sourire était blanc, ses mains étaient moins habiles sur mon dos, ses yeux étaient plus volontaires. Elle avait pour moi ce qui allait clôturer cette fameuse collection-là de trolls. C'était un toutou magnifique, pas très gros. C'était un troll un peu réinventé il me semble, son visage était moins naïf, c'était un troll qui semblait plus tendu, peut-être plus amer ou fatigué. Pis y'avait à l'intérieur du troll des bonbons. Des bonbons que j'officialisais, quelques minutes plus tard dans le salon, comme étant les meilleurs bonbons que j'avais jamais mangés.

Pendant que leur saveur, leur couleur

pendant que la texture du tissu sur mes mains

pendant que j'étais assis par terre face au divan

que le soleil me chauffait dans le dos

pendant que tout ça

ces sensations-là

faisaient leur chemin en moi

pendant que la surprise pis le bonheur pis le bien-être faisaient encore leur chemin en moi

j'ai appris que ma grand-mère avait un cancer.

J'entendais ma mère.

Sa voix pis les larmes ont elles aussi fait leur chemin en moi.

Ça été le premier contact que j'ai eu avec le cancer et aussi avec cette idée-là de la mort.

Pis ce qui m'impressionne c'est que ces choses-là nous quittent pus jamais après.

Pour moi maintenant le cancer goûte les bonbons.

Une tonne de choses ont pour moi aucune saveur, aucune sensation, aucune texture. Mais aussi, une tonne de choses banales ont pour moi des référents ben trop graves, ben trop dramatiques ; mettons pour moi le mot *sang* me renvoie à la guerre, au meurtre. Pourtant j'ai du sang partout en moi. Le mot *avion* me renvoie à la disparition, à cette image-là de manger la chair d'un cadavre, perdu dans une montagne. Mais j'adore voyager.

Pourquoi je dis ça.

Je dis ça parce qu'à l'inverse, le mot *cancer*, lui, un mot terrible, me renvoie à quelque chose de très banal, me renvoie à des petits bonbons roses, de la grosseur d'une clé USB, un peu en forme de similitrolls.

Je dis ça parce que ça m'empêche absolument pas de manger des bonbons, mais que cette saveur-là m'obsède avec la même précision que j'avais quand je plaçais mes trolls sur la bibliothèque qu'il y avait dans ma chambre.

Je pense que c'est tout ce qui reste d'aussi précis en moi maintenant.

Tsunami

Quand je l'ai vu pour la première fois, je pouvais pas savoir ce qui allait m'arriver. C'était un ami d'amis et il était *cute,* ben sûr, un peu, ben comme plein de gars, comme un gars qu'on sait pas encore si on va le trouver *cute,* tsé. Il s'habillait tout croche avec des vêtements recyclés ou je sais pas trop, tsé, le genre qui a compris quelque chose sur le style et la vie, et pas toi, lui il a l'air de venir de Berlin, toi tu t'habilles chez Simons et t'as juste pas le temps d'être *trendy,* tu voudrais, tu voudrais ben, mais ça c'est un genre en plus qui ne supporte pas les beautés moyennes chez les filles, faut juste comme être splendide pour pouvoir se permettre ça, là, tsé, les K-Way comme quand on était petits, le nylon, je sais pas, le vert gazon, les rayures, le Adidas vintage, toute ça, là, les calottes, le genre « je viens de la banlieue et j'ai tout intégré mes origines mais avec un léger décalage qui fait de moi un être brillant et, en plus, socialement responsable, parce que j'achète rien de neuf». Tsé. Les lunettes avec des grosses montures. Les sacs en bandoulière en polymère. Fatigant. *Cute,* fatigant.

Il était tout le temps là. Il s'est mis à être tout le temps là. Tu connais pas quelqu'un, tu le croises jamais, en fait non, c'est pas vrai, tu le croises mais tu t'en rends juste pas compte, parce que tu le connais pas, et là, soudain, il est partout, tu le croises tout le temps et tu t'aperçois que t'es vraiment contente de le voir, mais vraiment beaucoup, et un jour – ça c'est pas mal –, tu parles avec lui pendant vingt-cinq minutes sur le coin de Saint-Jean et Salaberry, et à cause de l'heure, le soleil lui tombe directement dans les yeux et tu te dis, tu te dis, en fait tu te dis plus rien, parce que tu remarques la couleur de ses yeux et c'est comme une eau, c'est comme quelque chose qui te calme, c'est comme juste magnifique et tu tombes dedans, et lui il parle et apparemment toi aussi parce qu'il réagit, il rit, il sourit et tu remarques aussi le sourire et tu te dis c'est impossible, écoute, écoute ce qu'il est en train de dire, un jour il va te poser des questions sur cette conversation et tu pourras pas lui répondre, tu sauras plus rien, sauf la couleur de ses yeux, sauf que tu t'es baignée, que tu as bu, que tu as eu soif de la couleur de ses yeux et que c'est désormais la seule chose que tu sais.

Les gens pensent que tomber en amour c'est compliqué. C'est faux. C'est la chose la plus fausse au monde. C'est archifaux et je sais pas à qui ça profite de faire circuler des idées pareilles. C'est rare. Mais c'est vraiment, vraiment pas compliqué. T'es là, sur le coin de Saint-Jean et Salaberry, tu restes là au coin, et le soleil se couche dans les yeux du gars devant toi, et tu te dis, ça y est. C'est ça. C'est là que je veux être. C'est tout.

Il a fallu qu'on attende un party avec d'autres amis pour enfin s'embrasser, parce qu'on vit dans un monde où c'est apparemment tout aussi compliqué de s'embrasser que de tomber amoureux, en tout cas, ça se fait pas vraiment sur le coin de la rue pour aucune raison. On a tort, d'ailleurs, à ce sujet-là aussi. On devrait s'embrasser beaucoup plus et pas avoir à se justifier tout le temps. Bref, une semaine après on a joué à *french tequila* chez nos amis et on s'est enfin embrassés, je pensais qu'il aimait pas mon linge, je pensais qu'il trouvait que j'étais une bourgeoise, peut-être qu'il le pensait et peut-être qu'il le pense encore, ça ne change rien et ce n'est pas ça le point, le point est que Simon Lepage et moi, on s'est *frenchés* et c'était le début du monde, tout a explosé, l'eau dans ses yeux, la pièce, l'appart, la ville, le Québec a explosé quand on s'est enfin *frenchés,* tout a bondi, tout s'est fracassé, la banlieue, le soleil, les saisons, j'ai perdu mes genoux et je suis presque tombée, le sol s'est mis à trembler et une immense vague est partie de l'intérieur de nos corps et s'en est allée dans le monde et a tout, tout, tout emporté, et je peux te dire il n'y a plus rien qui peut me ramener de là, et c'est important ce que je te dis : je suis amoureuse pour la deuxième fois de ma vie. J'aime Simon Lepage et le terme est faible. C'est un miracle. Et je n'ai rien fait pour que ça arrive : c'est arrivé. Comme le contraire d'une catastrophe.

Vaisselle

Le matin, je me lève, et sincèrement, je me dis que ça y est. Que j'vais finalement le faire, commencer, tsé, y aller, je sais pas. Écrire. Enfin. Je me dis que ça se peut, que ce jour-là ça se pourrait, des fois aussi j'ouvre mon ordi tard le soir après avoir passé une soirée exaltante, comme quand c'est le début du printemps ou la première neige, comme quand dehors ça a l'air d'un film, on pense des choses folles, des choses sublimes, on se dit qu'on pourrait être sublime nous aussi, que ce serait pas dur, peut-être moins qu'on pense en tout cas, qu'il pourrait nous arriver quelque chose d'extraordinaire, mais finalement non. C'est ça qui est terrible. Finalement, non seulement il arrive jamais rien mais en plus, nous, on fait rien arriver. On peut pas juste attendre, je le sais, mais je sais juste pas comment commencer. Par où commencer. Il me semble qu'à vingt ans j'aurais su. En tout cas. Mais là c'est juste fini ce temps-là et je sais comme plus rien faire, on dirait.

Le matin je me lève. Je déjeune, je coupe des fruits, je bois du café filtre et j'aime ça, j'écoute la radio mais pas tout le temps. Je fais des toasts, je fais de la vaisselle, j'aime ça, j'ai l'impression d'être utile, la vaisselle c'est bien parce que le but est clair et facile à atteindre. Après le déjeuner et la vaisselle, j'ouvre mon ordi sur la page 1 du document, et c'est là que j'y pense, mais pas longtemps, pis j'abandonne, parce que je suis médusée devant tout le vide que je contiens, parce que je suis comme hypnotisée par des défaites qui ne sont pas encore advenues. J'ouvre mon ordi et au lieu de commencer, au lieu d'écrire une phrase, même une, même juste une ligne... je joue une *game* de Solitaire. Je trouve le nom du jeu très drôle, d'ailleurs. Je joue à Freecell. Je joue à Question pour un champion. Je suis une championne. Je lis un article au hasard sur Wikipédia. Je tape mon nom sur Google. J'vais sur mon Facebook et je m'invente un statut mystérieux, j'épie les pages des autres, je réagis avec finesse aux déclarations émises par mes amis.

J'ai les plus beaux amis du monde. Pas sur Facebook, dans la vraie vie. Ils sont super, et ils pensent que je suis aussi super qu'eux autres. Ils me croient quand je leur raconte mes journées, quand je leur dis que ça avance, mon projet de livre, quand je leur parle de mon histoire. Ils me trouvent géniale avec mes survivants d'un écrasement d'avion, leurs destins croisés mais qui ne se touchent jamais, la fille chanteuse d'opéra dont le père est sourd, l'Allemande de l'Est qui passe le Mur avec sa famille, le Danube, les réserves amérindiennes et la lutherie, l'arpenteur-géomètre qui écrit des poèmes, parce que la poésie c'est la quête de l'emplacement exact de ses propres limites, où je finis, où le reste du monde commence, et cetera, je suis imbattable à mon propre jeu. Je suis imbattable au Solitaire, à Freecell, à Question pour un champion, et pour parler des choses qui existent pas.

Je parle au téléphone avec Franck. Je le fais rire. Il est gentil et doux. Il est en dépression mais ça me fait pas peur. Au contraire. J'aime mieux ça. Il pose jamais de question. Il est dans un état où les gens existent par ce qu'ils sont, pas juste par ce qu'ils font. C'est rare.

Je magasine, je marche au soleil, quand il fait soleil c'est pire, je me dis qu'il faut vivre et que le soleil est pas là tout le temps, que je peux pas me permettre de rester enfermée en plus de ne rien faire de significatif, qu'au moins, le soleil c'est clair, on sort, on marche au soleil, c'est comme la vaisselle, le résultat est évident et impossible à rater. Quand il fait gris je sors pas, mais je regarde la télé. Je lis les blogues des autres. Je fais des rôtis de bœuf et des patates pilées. Quand il fait beau je m'habille, je me maquille, j'vais prendre un café chez Claudette ou un verre chez Bily. Je parle avec des gens que je connais pas. Ils me regardent avec admiration et c'est une torture.

L'enfer, c'est être la seule à se connaître pour vrai. L'enfer, c'est la bienveillance des autres, qui voient pas qui tu es, peureuse, vaincue, tremblante, et qui t'imaginent en mille fois mieux. En écrivaine géniale, genre.

J'ai déjà entendu un auteur à la radio dire qu'écrire, c'est finalement passer beaucoup de temps à ne pas écrire, justement. Je sais pas lui, mais moi, je trouve ça insupportable. Invivable. Mais moi, je suis pas une vraie romancière, c'est peut-être ça, la différence.

Tout le monde pense que je suis en train d'écrire le meilleur roman au monde. Personne sait que j'écris pas. Tout le monde croit que je suis une auteure, sauf moi.

Vinyle

J'ai une collection de deux mille quatre cents CD. Avant, plus jeune, je collectionnais les vinyles, comme mon père, mais j'ai tout vendu à dix-huit ans quand je suis partie en France après le référendum de 95. Ce soir-là j'étais chez nous, dans ma famille à Saint-Tite. C'était l'automne, il faisait pas beau, je me souviens pas de grand-chose, sauf que c'est la seule fois de ma vie que j'ai vu mon père pleurer. Je me souviens de rien sauf des pancartes avec des fleurs, des planètes, des signes de *peace*, je me souviens de Dédé Fortin qui pleure, de mon père qui pleure, je me souviens dans le fond que j'y ai cru, pis qu'ensuite, plus tard, j'ai arrêté d'y croire. Y ventait, ça je m'en souviens, du vent fort, toute la nuit. Quand il vente fort j'ai tout le temps l'impression que c'est comme un genre de message personnel pour moi, une sorte de code secret entre nous, la vie et moi, pour me faire savoir que les choses changent, et que si elles changent pas, c'est pas normal.

Le matin je suis repartie pour vider mon appart à Montréal, quatre heures d'autobus, j'ai vendu toutes mes vinyles, j'ai pris un billet d'avion pour Paris. Pendant le vol j'ai vomi, de peine je pense, d'impuissance et d'espoir. Ça se peut-tu vomir d'espoir ? En tout cas. Ça avait pas juste rapport avec le référendum, ni avec mon père qui pleure. C'était comme une sorte de peine d'amour d'avec le monde. Ou d'avec moi-même, je le sais pas trop. Je suis arrivée en France en novembre, il faisait jamais beau, je me suis mise à passer ma vie dans les musées. Quand est-ce que ça se passe ? Quand est-ce que ça nous glisse des doigts ? Je sais pas. Moi je voulais faire du dessin, être géniale et avoir un destin, habiter dans une chambre de bonne, manger des artichauts et des figues et des nouilles au beurre, fumer des Philip Morris, je restais coin Saint-Gilles et de Turenne, dans le Marais, chez une fille qui s'appelait Anne-Claire. Je sortais avec son frère qui était marié. Je l'avais rencontré au musée Rodin, devant le Baiser, il s'était mis à saigner du nez quand il m'avait vue, on avait tous les deux pris ça pour un signe, mais on n'aurait pas dû. Je suis restée en France quatre mois. Puis je n'ai plus eu d'argent. Je suis rentrée. C'est tout.

Pourquoi je raconte ça ? Parce que j'aurais pu. Parce que j'y ai cru, pis qu'ensuite, plus tard, j'ai arrêté d'y croire. Il y a un moment, dans tout, les histoires d'amour, les films, les romans, les vies, où c'est là, c'est juste une petite brèche et il faut que tu rentres dedans de toutes tes forces, il faut que tu prennes ton élan et que tu te garroches, oui, mais au bon endroit, au bon moment, et contre la bonne personne. Parce que sinon tu revoles, et après tu fais juste reprendre ton avion en vomissant encore. J'ai pas le mal des transports. J'ai juste raté ma *shot*. Pis je le sais. C'est pas le gars qui saignait du nez quand il m'a vue pour la première fois, c'est pas Paris, et c'est sûrement pas l'art. Je sais pas ce qui s'est passé. Ni quand ça s'est passé. Mais je me suis passée à côté. Je me suis manquée. Si vous parlez aux gens autour de moi, ils vont vous le dire. Je pense que je suis belle. Je fais une job super dont j'ai pas envie de parler. J'ai un chum qui s'est pas mis à saigner du nez quand il m'a vue pour la première fois mais qui avait la grande qualité de pas être déjà marié. On va sûrement faire un bébé bientôt. Tout le monde pense que j'ai une vie formidable. Mais je dessine plus. Je vote plus non plus. Mon père est mort l'été passé et on s'est jamais reparlé du référendum ou de la peine qu'il avait ou de ses vinyles. Ils sont encore à Saint-Tite. Moi, maintenant, j'ai une collection de deux mille quatre cents CD et je les écoute jamais. Je sais juste qu'il y a un moment dans ma vie où j'y ai cru, où je me suis dit ça y est, je vais avoir une vie magnifique, mais finalement il faisait jamais beau, le gars était marié, j'avais pus une cenne, et c'est pas arrivé. Je sais pas pourquoi.

Je regrette tout de moi. Si je le disais aux autres, ils voudraient pas me croire.

Chaque fois qu'il vente, je me demande où est la sortie. Chaque fois je sais pas contre quoi je pourrais bien me lancer. Dans les jambes de qui. Chaque fois que je croise un gars, j'espère qu'il va se mettre à saigner du nez. Ça arrive jamais.

Visage

J'ai jamais senti que le fait de pas être un intellectuel dans ma famille de profs changeait quelque chose à l'amour de mes parents ou quoi. J'ai jamais senti que c'était grave.

Je lisais pas beaucoup quand j'étais petit, mes sœurs oui, mes sœurs c'étaient des bolles, des vraies, j'aurais aimé ça lire mais je faisais un peu de dyslexie je pense ou peut-être pas, peut-être que ça m'intéressait juste pas, les romans, les histoires, la littérature, je pense que je suis pas ça. Je cherche pas ça. Je cherche la paix. Je veux la paix. La littérature c'est le contraire de la paix. J'ai toujours été secrètement jaloux du monde qui lit, parce que je trouve que c'est comme la cigarette, ça fait que t'es jamais tout seul. Maintenant je fume plus… je suis souvent tout seul. Mais c'est pas grave.

Quand j'allais à l'école je comprenais pas qui pouvait écouter un prof pendant si longtemps.

Mon cerveau fuyait par tous les bords, je regardais les filles écouter et je comprenais rien, comment elles faisaient ? Moi je prenais toute mon énergie pour empêcher mon corps de bouger, ça me prenait toute pour rester juste assis, j'avais le dedans qui voulait se garrocher à terre, partir à courir, se lancer la tête dans le ventre du prof, j'avais l'intérieur qui galopait mais il y avait pas de place, je me retenais toute la journée pour pas me rouler sur le plancher.

Je trouve pas les filles compliquées, mais à l'école c'était un vrai mystère, les filles écoutaient, et moi je regardais les filles écouter, même que c'est devenu mon truc pour rester assis sans bouger. La nuque des filles. Les cheveux des filles. La peau fine des poignets des filles. Les cils des filles.

C'est beau une fille.

J'ai appris à jouer au football. J'étais trop petit. Mais c'était pas grave, je courais vite.

J'ai appris à pêcher à la mouche, en silence, debout dans l'eau pendant des heures. Comme écouter le prof mais sans l'envie de se rouler par terre. J'ai appris à vider les poissons sans utiliser de couteau.

J'ai appris à conduire. J'ai appris les noms des voitures et comment les réparer.

J'ai appris les noms des oiseaux. J'ai appris comment les nourrir, qui mange quoi, toute ça.

J'ai appris à tirer des joints et à monter une charpente. Je pourrais faire une maison si je voulais.

J'ai appris la boucherie, un an de cours sans les livres, parfait pour moi.

J'ai appris à jouer de la guitare. J'ai appris la photographie.

J'ai pas été à l'école longtemps mais j'ai appris plein d'affaires. Après. Tout seul.

Avec les noms des oiseaux et la guitare, tu peux avoir presque toutes les filles. Avec la photographie tu peux avoir les autres, les trop belles. J'ai jamais été beau mais j'ai toujours eu toutes les filles que je voulais.

Avec la pêche à la mouche, tu peux être tout seul très longtemps sans avoir mal.

Avec le football, la boucherie et les autos, tu peux vivre au milieu du monde et avoir une place partout.

Avec tout ce que j'ai appris tout seul, j'ai jamais senti que je faisais honte à mes parents, j'ai jamais senti que c'était grave que j'aille pas à l'université ou quoi, mes sœurs ont fait des longues études, pas moi, mais on s'en fout, et j'ai jamais senti que je faisais honte à ma famille d'intellectuels, de profs, je suis le seul qui sait tirer des joints, je suis le seul qui connaît les règles du football. Ce que je veux dire c'est que je sais que je suis respecté et accepté par ma famille. J'ai pas de problème non plus avec les filles. Sauf que.

C'est vraiment minuscule. C'est vraiment sans importance. Ce que j'vais dire, ça me fait quelque chose mais je peux pas en parler, c'est trop petit. C'est tellement… je sais pas pourquoi ça me serre le cœur. Mais quand j'y pense ça me serre le cœur.

OK.

Ma mère m'a jamais dit qu'elle me trouvait beau.

C'est pas grave. C'est pas très grave.

Avant le livre

Les textes du présent recueil sont issus de la station Jardins secrets *du spectacle déambulatoire* Où tu vas quand tu dors en marchant… ? *Cet événement théâtral, sous la coordination artistique de Frédéric Dubois, a été produit par le Carrefour international de théâtre de Québec et créé le 28 mai 2009 à Québec, au parc Lucien-Borne.*

Jardins secrets

Concepteurs : Véronique Côté (conception et mise en scène), Josué Beaucage (conception sonore et musique), Marie-Renée Bourget-Harvey (conception des décors), Kate Lecours (assistance à la conception des décors), Laurent Routhier (conception des éclairages), Dominic Thibault (conception des costumes), Élyane Martel (assistance à la conception des costumes), Jennifer Tremblay (maquillages), Dominic Fournier, Simon Pedneault (musique).

Interprètes (2009 et 2010) : Véronique Aubut, Marc Auger, Marie-Josée Bastien, Nancy Bernier, Normand Bissonnette, Guillaume Boisbriand, Sylvie Cantin, Lise Castonguay, Catherine-Amélie Côté, Gabrielle Côté, Lorraine Côté, Véronique Daudelin, Krystel Descary, Catherine Dorion, Steve Gagnon, Marie-Hélène Gendreau, Jean-Michel Girouard, Catherine Hughes, Denis Lamontagne, Maryse Lapierre, Linda Laplante, Éliot Laprise, Valérie Laroche, Catherine Larochelle, France LaRochelle, Jacques Leblanc, Olivier Lépine, Nicolas Létourneau, Marianne Marceau, Valérie Marquis, Jean-René Moisan, Maxime Noël Allen, Anne-Marie Olivier, Jean-Sébastien Ouellette, Édith Patenaude, Guillaume Perreault, Maxime Perron, Lucien Ratio, Claudiane Ruelland, Éva Saïda, Philippe Savard, Sophie Thibeault, Klervi Thienpont, Guy-Daniel Tremblay, Alexandrine Warren.

Remerciements

Les auteurs tiennent à remercier de tout cœur le Carrefour international de théâtre de Québec et toute son équipe, en particulier Dominique Violette, la directrice générale, Marie Gignac, la directrice artistique, ainsi que Frédéric Dubois, coordonnateur artistique de *Où tu vas quand tu dors en marchant…?*, pour leur confiance, leur goût du risque, et surtout pour la beauté folle de ce grand projet qu'ils ont imaginé et réalisé. Chapeau bas, et mille mercis éblouis.

Remerciements chaleureux également à la Ville de Québec et à Québec horizon culture pour leur généreux soutien, et au Bureau du développement touristique et des grands événements pour sa précieuse collaboration.

Merci finalement à tous les artistes, artisans, techniciens qui ont participé à la création de ces textes dans leur version initiale, à la belle étoile, beau temps mauvais temps, avec ardeur, générosité et talent, et à tous les auteurs anonymes qui nous ont confié leurs secrets pour qu'on en fasse des histoires.

Table des matières

hamac

Au catalogue

Madeleine Allard
Quand le corps cède, nouvelles, 2016

Jean-Pierre April
Histoires centricoises, nouvelles, 2017
Méchantes menteries et vérités vraies, nouvelles, 2015

Nicolas Bertrand
Déjà, roman, 2010

Emmanuel Bouchard
Les faux mouvements, nouvelles, 2017
La même blessure, roman, 2015
Depuis les cendres, roman, 2011
Au passage, nouvelles, 2008

Françoise Bouffière
La Louée, roman, 2009

Geneviève Damas
Histoire d'un bonheur, roman, 2015
Les bonnes manières, nouvelles, 2014
Si tu passes la rivière, roman, 2013

Fanie Demeule
Déterrer les os, roman, 2016

Dominique de Rivaz
Rose Envy, roman, 2015

Lynda Dion
Monstera deliciosa, roman, 2015
La Maîtresse, roman, 2013
La Dévorante, roman, 2011

Sinclair Dumontais
La Deuxième Vie de Clara Onyx, roman, 2008

Valérie Forgues
Janvier tous les jours, roman, 2017

Nicholas Giguère
Queues, 2017

Julie Gravel-Richard
Enthéos, roman, 2008

Pierre Gobeil
Splendeurs et misères de l'homme occidental, roman, 2015
L'Hiver à Cape Cod, roman, 2011

Jean-Luc Lagarce
Juste la fin du monde, théâtre, 2016

Marie-Claude Lapalme
Le bleu des rives, nouvelles, 2016

Daniel Leblanc-Poirier
Nouveau système, roman, 2017

Claire Legendre
Making-of, roman, 2017

Hélène Lépine
Un léger désir de rouge, roman, 2012

Stéphane Libertad
La Baleine de parapluie, roman, 2012
La Trajectoire, roman, 2010

Alexis Martin
Camillien Houde, « le p'tit gars de Sainte-Marie », théâtre, 2017

Anne Peyrouse
Passagers de la tourmente, nouvelles, 2013

Maude Poissant
Saccades, nouvelles, 2014

Sina Queyras
Autobiographie de l'enfance, roman, 2016

Éric Simard
Martel en tête, roman, 2017
Le Mouvement naturel des choses, journal, 2013
Être, nouvelles, 2009
Cher Émile, roman épistolaire, 2006

Olivier Sylvestre
noms fictifs, récits, 2017

Vincent Thibault
La Pureté, nouvelles, 2010

Maude Veilleux
Prague, roman, 2016
Le Vertige des insectes, roman, 2014

Entièrement consacré à la fiction,
Hamac propose des textes
profondément humains qui brillent
par leur qualité littéraire.

Si vous avez aimé celui-ci,
nous vous invitons à découvrir
les autres titres de notre catalogue.
Ils vous plairont sûrement.

Tous les livres de Hamac sont imprimés sur du papier recyclé, traité sans chlore et contenant 100 % de fibres postconsommation. En respectant les forêts, Hamac espère qu'il reste toujours assez d'arbres sur terre pour accrocher des hamacs.

MIXTE
Papier issu de sources responsables
FSC® C100212
www.fsc.org

COMPOSÉ EN ARNO PRO CORPS 13
SELON UNE MAQUETTE DE PIERRE-LOUIS CAUCHON
CET OUVRAGE A ÉTÉ ACHEVÉ D'IMPRIMER
SUR LES PRESSES DE L'IMPRIMERIE GAUVIN EN JUIN 2020.